新潮文庫

熱帯植物園

室井佑月著

新潮社版

6544

目次

熱帯植物園

熱帯植物園

女じゃないのにセックスした。

O

友達の松下瞳も小橋美砂も弘田恵里奈も、この夏休みに体験している。ひとり山内朋子はどう考えてもまだ処女だけど、彼女は端《はな》から競争の対象じゃない。たとえ二十六になっても処女であることが許されてしまう種類の女というのがいて、山内朋子はそういう少女だ。マシュマロみたいな肌をして、小学校のときからずっとジョン・ローンの写真を集めていて、セックスという言葉からとても遠くに暮らしている感じがする。あたしに生理がないことはまだ誰も知らない。セックスの相手である谷村貴史も知らない。貴史は銀行員だが出世コースから外れていて、つきあいはじめた頃はよく発作的に会社を休んでいた。

去年の秋、美術の野外授業で代々木公園に行った。あたしは朋子に画用紙を渡してひとり集団から離れ、〝セラン〟でペリエのレモンを飲みながらソブラニーのメンソールを吸っていた。授業が始まったときから、すこし離れたベンチからあたしたちを観察している彼の姿に気づいていた。あの、翡翠葛《ひすいかずら》って知ってますか、と彼はテーブルに近づいてきてあたしに話しかけてきた。その牧羊犬のような目は、あたしの顔ではなくて、灰皿の中で身を寄せあっている薄緑色の吸い殻を見つめていた。彼はチェックのボタンダウンシャツに白いピーコートを羽織っていた。髭《ひげ》の剃《そ》りあとが軽く青い粉をはたいたように翳《かげ》っていた。柔軟剤入りの洗剤で丁寧に洗濯されたような人だと思った。年齢はあたしの倍の三十だった。

子宮はある。医者は未発達なだけだという。にこやかにそう宣告した女医の目を、あたしは抉《えぐ》り抜いてやりたいと思った。まだ病気であるとか、本当は男であるといわれたほうがましだった。貴史の手を乳房に導き、我慢しなくていいよ、と準備していた誘い文句を口にしたときも、あがくような気持ちが内心にあった。終わったあと、シーツに赤い染《し》みを見つけたときは胸を撫《な》でおろした。

(やっときた)

だけど先月も今月も、股《また》にあてがったナプキンには変化がない。つまらないので髪を赤くした。背中まであった髪を脱色して赤く染めると、ボルドーワインのようなきれいな色になったが、同時に傷《いた》んで枝毛が増した。日に日にスフィンクスの頭のように裾《すそ》が広がっていくので、また美容院に行ってベリーショートにしてもらった。背が高く棒のようなあたしにはそれはそれでよく似合い、切った髪の重さだけ心も軽くなった。まるでいかれた少年みたいだと、両親は意外と面白がって喜んでる。貴史はなにもいわない。

　セックスは考えてたよりよかった。ペニスを入れられるのは痛いだけだけど、貴史の指は自分の指より数段気持ちがいい。正直いっていまは猿のようにはまってる。高等部に上がったとたん気がついたらまわりから落ちこぼれていたり、丈夫だ丈夫だと思っていたおばあちゃんが意外にころっと死んでしまったりで、最近では楽しいと思えることといえば火事ぐらいしかなかったし。

　セックスが楽しいのはきっと覚えたてだからで、あと二か月もすれば飽きてしまう気がする。しかし火事とのつきあいは長い。小学校の時、黒焦《くろこ》げの焼死体を見る幸運に恵まれたことがある。遺体は担架に乗ってあたしたち見物人の目前をゆらゆらと流れていった。片方の足先だけが毛布からはみ出していた。麩菓子《ふがし》のようだった。晩ごはんのとき、家族にその話をした。おやじはすこし顔をしかめてハンバーグを箸《はし》で割きながら、誰でも十五分だけ有名になれる、といった。

「ふうん」

「と、むかしアンディが」

「だれなの」

おやじはハンバーグのかけらを口に放った。それを咀嚼《そしゃく》して飲みこんだあと、

「死んだ友達」

と小声でこたえた。

黒焦げになったのは、余所《よそ》の可燃ゴミに不燃ゴミが混じっていないかをチェックするためだけに生きてるような婆《ばあ》さんだったが、その数分のあいだはヒロインだった。誰もが登場に息をのみ、退場まで瞬《まばた》きもしなかったはずだ。あたしも死ぬときはああ死にたい、とそのとき本気で思ったし、いまも思う。

最近の火事は美学に欠ける。偏差値の高い男子校の喧嘩《けんか》みたいに、ぷすぷすとただ燻《くすぶ》るばかりで燃えあがることを知らない。消防署員が教師のように集まってきて騒ぎたてるのに、肝心の炎はどこにも見えない。庶民のささやかな娯楽をなんと心得ておるのだ、区民税も消費税も保険の掛け金も返しやがれ、という気分になる。もっとも不動産屋を表向きの仕事にして違法ゲーム喫茶を営んできたあたしのおやじは、二十年間、税金も保険料も適正には払っていない。

営業内容自体が違法なんだから適正もなにもないのだが、とにかくゲーム喫茶というのは家族に開業医が三人か四人いるくらい儲《もう》かるのだ。子供の頃おやじがあたしを決して公園に連れだしてくれなかったのは、地域の富を独占しているような罪悪感があったた

からに違いない。おかげであたしは未《いま》だにボール競技が苦手で、しかしこの時期になると学校は悪夢の球技大会に沸き返り、あたしは仮病で家に閉じこもる。

そのあと誕生日がやってくる。

十二月五日。超リアリストのあたしは、よりによってウォルト・ディズニーと誕生日が一緒だ。最近残業続きの貴史からはすでにスウォッチの特別限定モデルをせしめてある。瞳はアニエスのキャップ、美砂はハリウッドランチマーケットのTシャツ、恵里奈は黒いガーターベルト、朋子はプレステの〝バイオハザード2〞を、みんななんとなく嫌々な感じではあったけど約束してくれた。小遣いに不自由したことはないが、貰《もら》いものにはいつも心が躍る。自分では買う気のしないものほどそれは嬉《うれ》しい。物欲に胸膨らませての、一週間ぶりの登校だった。

1

炎。

法事のお経のようにちんぷんかんぷんな授業が終わり、その日の収穫を無理やり詰めこんだリュックを背負って校舎をでたあたしは、校門のすぐ向こうにそれを見つけて、首をかしげた。右0・2、左0・3のあたしの目には、ちょうど通りの桜並木の一本が燃えあがってるように映ったのだ。まもなく、赤い物体を抱えた人間なのだとわかった。薔薇《ばら》だ。揺れてる。

「おい、雨笠《あまがさ》」

近藤広人《ひろと》が肩を叩《たた》いて追い越していった。中等部からクラスがいっしょのこいつだけは、いまでも気軽にあたしに接触する。

「明日《あした》な」

「またいつか」

何十本あるんだろう。ゆさゆさと重量感のある花束の向こうには、まっ白い女の顔が覗《のぞ》いてた。なかなか美しい顔であることがわかった。

女はあたしを見ていた。毛足の長い、シルバーフォックスかなにかのコートを着こんでいた。気味がわるいので足を速めて横を通りすぎようとすると、女は飛びかかるように近付いてきてあたしに花束を押しつけた。薔薇の香りと、なにかべつの激甘な匂《にお》いに同時に襲われ、あたしは一瞬、ほんとうに目眩《めまい》を起こしかけた。

「お誕生日おめでとう」

無神経に薔薇で顔を圧迫する。抵抗できず、つい受け取って、その大きさと重みにびっくりした。

「鶏みたいな頭だって聞いたから」

鼻にかかった声でいう。どこの誰だかわからないが、口調から少なくともあまり頭のいい人間ではないと判断できた。唇が痛い。薔薇の棘《とげ》で切ったようだ。鉄の味がする。あたしは女の足下に唾《つば》を吐いた。唾は薄い朱赤だった。

「だれ」

女は蛾《が》の翅《はね》の紋様のような目を瞬《まばた》かせて、

「由美。あなたと同じ由美。ジュンの恋人」

「ジュン？」

「あなたのパパ」

「あたしのおやじの名前にはたしかにジュンという字が入っている。しかしその男はいかがわしいゲーム喫茶の経営者で足が臭くて内臓脂肪を気にしている、雨笠淳三、四十三歳だけど」

「十六歳のお祝いしてあげる。ねえ、見せてもらった写真の裏には〝由美十歳〟って書いてあったの。なのにあなたはまだ同じ顔」

ぽってりとした唇が発する呪文《じゅもん》は、反芻《はんすう》してみると、いちおう日本語として意味を成しているのだった。

「そんなこと、だれにもいわれたことない」

あたしがいい返すと、女は笑った。鳥のように滑らかな声だった。股間《こかん》にあてたナプキンの秘密を見透かされてるようで気分がわるかった。

「行こう」

女はあたしの手首をつかんで引っぱった。温かくて湿った手だった。

「ちょっと」

振りほどこうとそこに視線を落として、ぎょっとなった。爪《つめ》にラインストーンをのせたその指という指の節に、朽ち葉のような瘡蓋《かさぶた》が貼《は》りついていた。顔はきれいなのに、なんて醜い手をしてるんだろう。大きな蜘蛛《くも》のような手だ。あたしが身を固くしていると女はあっさりと離れていき、車道に出てタクシーを停めた。

「由美、これ」

と車のなかから馴《な》れなれしくあたしを呼ぶ。手のなかから細長いものを出して振りまわしている。その淡い青は、貴史がくれた限定版スウォッチのベルトの色に違いなかった。

車は青山地中海通りの〝キャンティ〟の前に停まった。巨大なサングラスを掛けた芸能人が、みんな気づいて、と心の中で叫びながら、足を組み小指を立ててお茶を飲む店だ。

「素敵でしょ」

彼女は店のドアに手をかけ、得意げにあたしをふり返った。

「まあまあかな」

この店、本当は大嫌いなんだ、と先週おやじにいったばかりだ。

「わるいんだけど、次から別の店にしてくんないかな」

おやじはすこし傷ついたように眉《まゆ》をひそめた。

「どこが」

「客が」

「なるほど」

「右のカップルも左のカップルもその向こうのカップルも気にくわない」

「たしかに」

とおやじは首を伸ばして店内を見まわし、

「どいつもこいつも自分たちをドラマの主役と思いこんでるふしがある」

「店出たらやりまくるくせに」

「すくなくとも男のほうはやる気満々だろう。若い人間にはちょっと敷居が高いところに、無理して連れてきてるわけだから。まあいってみれば、ホテルに入る前の関所だな」

「やらせてくださいって頭さげたほうが早くないか」

「由美だったらどうする。キャンティに行こうって男と、土下座して頼む男がいたら」

「ここで飯食って、土下座したほうとホテルに入る」

ふふ、と幼児の不条理なつくり話を面白がるみたいにおやじは目を細めた。あたしはまだなにも知らないと信じきっていることに気づいて、かえってびっくりした。男親というのはそんなものかもしれない。ママは気づいてるんだろう。しかしそれを口にだせる人じゃない。おやじとあたしのこうした会話を耳にしただけで、きっと総白髪になってしまう。

「由美、後ろ。奥のほう。女優の川島昭代がガマ蛙《がえる》みたいな禿《はげ》と飯食ってる」

「ほんとだ」

「あんなガマよりパパの方がいいのにな、畜生」

「賛成。究極の選択としたらだけど」

「あいつらもデキてんのかな」

「SMとかさ、凄《すご》いことやってたりして」

おやじは家にあまり寄りつかない。三月《みつき》に一晩も家で寝ることがない。ママのことを未亡人と信じてラヴレターを出してきた近所の独身中年がいた。仕事の忙しさがおやじの免罪符になっているが、まさかそれだけとは思ってなかったから、女が恋人だといったときあたしはあまり驚かなかった。おやじの女にしては若いし上玉だ。大昔の女優のように波打たせた髪の下に、くっきりとした目鼻と、滅多に閉じられない愚鈍そうな唇がついている。サイズの小さなリブ編みのセーターが豊満な胸を無暗《むやみ》に強調している。悪くない。

いかに放蕩者《ほうとうもの》でも一人娘の顔は見たくなるらしく、小遣いを渡すからといっておやじはよくあたしをあちこちの店に呼びつける。この店のことが多い。めんどくさいので、次からはママに渡してほしいと頼むと、そのときはうなずいてすぐに忘れたふりをする。そのへんの兼ねあいが難しいようだ。

席に案内されるまでのあいだも、おやじと何度ここに来ただのバジリコとなにが美味《おい》しいだのと女の口は休むことを知らなかった。あたしたちはトイレにいちばん近い席に通された。彼女は躊躇《ちゅうちょ》なく奥の椅子《いす》に腰をおろした。

「好きなもの頼んでいいのよ」

といっておいてすぐにボーイを呼びつけ、これにこれにこれにこれにこれにこれにこれに……と勝手に十五人分くらいの料理を注文した。

「お二人さまには量が多めかと」

「お金はあるの」

ボーイは頭をさげて、隣のテーブルを移動させてあたしたちのテーブルにつなげた。ボーイが遠ざかると、女はクロスの上に身を乗りだした。

「目がわたしをばかにしてる」

「そうかも。時計返して」

「あとで。たくさん食べようね」

「家でハッピーバースデイの準備が整ってる予定なんだけど」

「知ってる。おかあさん、料理上手なんですって？　三ツ星並みだってジュンが」

「ジュンて呼ぶなよ。気持ちわるい」

　女は指の関節を噛《か》みはじめた。瘡蓋がはがれたのか、すこし血が滲《にじ》んでいた。食前酒のシェリーが運ばれてきた。表面の波がおさまらない。女が貧乏揺すりをしてるからだ。テーブルの横にはみ出した足首の上で、金のアンクレットがフロアライトをきらきらと撥《は》ね返している。

「三ツ星はおおげさだよ。せいぜいこの店くらい」

「なんでそんな話ばかりするのかしら。わたし、毎晩ベッドのなかで腹が立って寝つけない。ジュンのことは憎めないし、奥さんを憎むと自分が安っぽくなるから、あなたを憎もうと思った」

「憎めば」

「できなかったの」

「なんで」

「髪が赤いって聞いたから」

ひとつまたひとつと料理が運ばれてきた。見慣れた皿もあるし、見たことない皿もある。ペパロンチーニ、タランティーナ、ペンネアラビアータ、バジリコのタリアテッレ——このパスタの連続で、女がなにも考えてないことがよくわかる——チーズをぐつぐついわせながらカネロニとラザーニャもやってきた。ラビオリも。中身はなんだろう。

「だけど気づいたの。自分が先にお祝いしてあげればいいんだって」

「それで会いにきたのか」

「そうよ」

「ばかじゃない」

「そう見える?」

薄く左右に伸びた女の唇が、合成着色料の入ったチューインガムに見えた。

「意外に賢いところもあるのよ」

烏賊墨《いかすみ》のリゾット。飯蛸《いいだこ》の煮こみ。特別大きなTボーンステーキの皿。あたしの好きな仔牛《こうし》の臑肉《すねにく》のバローロ煮もきたが、テーブルにのりきらないので取り皿を片づけさせ、続く若鶏《わかどり》と茸《きのこ》のクリーム煮と鱸《すずき》の天火焼きは、あとで、といったん下げさせた。それらはそのまま忘れ去られた。女はパスタをすこしずつついたあと、Tボーンを素手でちぎって骨のほうにしゃぶりついた。

「ここがおいしいの」

合格。あたしもバローロ煮にフォークを突き立てた。肉の塊が口からはみ出し、ワインソースが顎《あご》に垂れた。

「ねえ由美」

あたしはナプキンで顎をぬぐった。

「あんたもだろ。字も？」

「自由で美しい、由美」

「同じだ。不便だな」

「だから名前を変えてほしいの」

「やだね。あたしがあんたのこと愛人って呼ぶよ」

女は、パスタの絡《から》まったフォークをあたしの心臓に向かって突き出した。

「本物の由美はわたし。それに愛人じゃなくて恋人」

あたしは自分のフォークでそれを払った。女のフォークはカネロニのなかに落ちた。

女はなにかいおうとして、肩を大きく上下させた。あたしは言葉を待ったが、女は肩を動かすばかりだ。動作は次第に激しくなった。やがて彼女は金魚のように上を向いてぱくぱくと口を動かしはじめた。テーブルクロスを握りしめている。フィットチーネの皿が床に落ちて、大きな音をたてて割れた。瞬間、店の空気が凍った。飛んできたボーイ

に、

「ビニール袋、早く」

女は嗚咽《おえつ》まじりに訴えた。ビニール袋がきた。女はボーイの手からそれを引ったくって、唇にあてた。吐くのかと思って目を背けた。いつまでもその気配がないので視線を戻すと、彼女はシンナーでも吸うみたいに袋に向かって呼吸を繰り返していた。店じゅうの視線が彼女に集中していた。あたしはどうしたらよいかわからず、とりあえず食事を続行することにした。冷えはじめたペパロンチーニはひたすら大蒜《にんにく》くさかった。ボーイたちがテーブルから離れていく。女の呼吸が次第に整う。

「ごめん」

女は袋から顔をあげると、椅子の背もたれに身をあずけた。まくれた袖口《そでぐち》から手首が覗いている。青い血管を遮る鮮やかな傷痕《きずあと》が、甲の瘡蓋とは対照的に、とても美しく映った。指先から滑り落ちたビニールが、エアコンの風に煽《あお》られて漂い、べつのテーブルの下の茶色いパンプスにへばりつく。テーブルの上ではパンプスの持ち主がちらちらとこちらに視線を送っては連れの男と笑い合いながら、二本の脚を水球の選手のように動かしてた。

「たまに、興奮すると過換気症の発作がでるの」

「わるかった」

「いいの。女だからしょうがないの」

そういうもんかなと思ったが、ただうなずいた。

「お願い。名前を変えて」

「時計返してくれたら」

女はバッグからスウォッチを取り出してテーブルの隅に置いた。あたしはそれを手首に巻いた。

「変な名前はやだよ」

「リエは？」

顔色はまだすぐれないものの、女は甘い声色を取り戻している。目つきがくるくると変化する。つんとした鼻の孔《あな》が、双子のドロップのようでほほえましい。

「なんで？」

「リエって顔してる。そういう子を知ってるの。お金持ちの娘で、美人で、歌がうまくて、だれからも好かれてた。Ｆ１のレーサーと結婚してモナコに行っちゃった」

「いいね」

「あなたなら似合うと思う。リエ」

「雨笠リエ。ああ、語呂《ごろ》もいいな」

彼女は椅子から半分立ち上がって、

「シャンパン」

と叫んだ。やって来たボーイの手からワインリストを奪うと、彼女は最も高価なピンクシャンパンを注文した。

「それから最後に、いちばん華々しいデザートを」

ボーイは困った顔をしてデザートの名前を並べた。

「そのなかのいちばん華々しいやつ。だって、ようするにきょうはリエ○歳の誕生日でもあるわけだから、ねえ」

とあたしに同意を求める。お料理のほうは、とボーイが訊《たず》ねると、

「適当に。あ、よかったらみんなで食べて」

まったく手をつけていない皿を残して料理の大半が下げられた。由美の頬《ほお》がシャンパンと同じ色に染まった頃、赤ん坊の頭ほどもあるチョコレートケーキが運ばれてきた。針金の線香花火が三本刺さってる。あたしたちはしばしその朱色の花に見とれた。

「きれい」

由美がつぶやいた。

「ん、きれいだ」

「わたしね、火事が好きなの」

頬杖《ほおづえ》をつく由美の瞳《ひとみ》にも朱の花が揺れている。

と由美の指が花火の芯《しん》に触れた。

「これ」

「この時期に売ってる？」

「いまから花火しようか」

「見てないなあ」

「最近見てないけど」

「あたしも。物凄く」

話し疲れたのか食べ疲れたのか、車のなかで由美は無言だった。唇をすこし開いた人形のような横顔は、なんにも考えていないようにもなにかに思い悩んでいるようにも見えた。タクシーは川の土手沿いを走っている。窓を開けると、夜だというのに太陽の匂《にお》いがぷうんと鼻をかすめた。芝の匂いだ。

「ここで止めて」

と由美がいって、料金を払った。

「うちの近所だ」

由美は車を降りながら、知ってる、といった。そのあともなにか続けたが、花束を包んだセロファンががさごそとうるさくて聞き取れなかった。川の向こうはこんもりと丘になっている。家々のあかりと街灯が空中に浮かんでいるように見える。あたしは丘のてっぺんに向かって花束を突きだした。

「あそこ、あたしの家。まだあかりがついてる。ベランダからここ見えるよ」

と土手の上を振り返った。道路脇《わき》に巨大な〝マールボロ・カントリー〟の立て看板がある。

「ふうん」

由美は草の上にハンドバッグを置いて、花火に火をつけはじめていた。あたしも花束を置いて、由美の足下から花火を拾った。〝キャンティ〟で彼女はありったけの花火を売ってくれといったのだけど、それは頑《かたく》なに拒絶され、会計のときにゼニアのスーツを着た責任者らしき人物が出てきて、店からのプレゼントです、と麻のハンカチに包まれた細長いものを由美に差し出した。開いてみると花火が十本入っていた。由美の花火から火を貰《もら》う。彼女の姿がくっきりと闇《やみ》に浮かび、ちらちらと複雑に揺らいだ。彼女はきれいだった。花火が消えると彼女も消えてしまうような気がして、花火が半ばを過ぎるたび、新しい花火に火を移した。最後の一本は二度ぱちぱちと見せ場をつくり、赤い滴《しずく》となって草のなかに落ちた。ふたたび闇が訪れた。

「終わり」

と由美がいった。

「帰るの？」

「帰るよ。きょうリエと会えて楽しかった。仕事休んでよかった」

「どんな仕事してるの」

「いいじゃない。どうせ長くは続けないし」

「辞めちゃうの」

「続けられない。歳《とし》が歳だから」

どんな仕事か、なんとなくわかった気がした。いや、それ以上に彼女にふさわしい仕事があるだろうか。おやじの愛人をやっていれば生活には不自由しないだろうに、とその点がすこし引っかかったが、思えば彼女は自分のことを恋人と呼んでいた。金銭のやり取りはないのかもしれない。

「由美、いくつ？」

「職場では二十五」

由美はバッグからなにかを取り出した。ライターのあかりが点《とも》って、それが煙草《たばこ》であることがわかった。もう話したくないという合図に思えた。あたしは彼女ともっといっしょにいたかったので、自分のジッポーのライターで足下の枯れ芝に火をつけた。火はちりちりと蛍光灯くらいの円形に拡《ひろ》がり、やがて一端が欠けてUの字になり、そのまま風に乗って移動しはじめた。

「誤解しないでね。けっこう優雅な仕事なの」

あたしはうなずいた。炎はじりじりと川岸に向かっている。ぽつんと輝く由美の煙草の火とそれとを見比べていると、まるで彼女の身体《からだ》のなかの炎が草に燃え移って、あたしの家のある丘を目指しているように思えた。燃えろ。あたしは念じた。由美の唇が煙を吐きながら、ちぇ、ちぇ、と音をたてている。よく聴くと彼女は歌を口ずさんでいるのだった。〝恋の季節〟だった。それが途切れるのを待って、あたしはいった。

「ここ、知ってる？」

「知らない」

「昔はさ、葦《あし》がいっぱい茂ってた。ボランティアの暇な連中が芝桜を植えたんだ。春になると地面がピンクに染まる」

「いやね」

「気味が悪いだろ」

なにやってるんだ、と遠くで誰かがいった。土手の上を振り返ると、自転車を支えた警官のシルエットがあった。逃げだすつもりで身構えて由美のほうを見た。ところが彼女は土手を登りながら、

「助けて」

と大声をあげた。警官は自転車にスタンドを立て掛け、由美のところまで降りてきた。

「花火をしてたら、草に移っちゃったの」

警官がぶら下げた懐中電灯のあかりで、由美のラインストーン入りの爪《つめ》がその制服に取りすがったり、彼女の唇が制帽のすぐ近くにまで寄せられるのが、はっきりと、とても近くに見えた。警官の耳が、ずんぐりとした芋虫のような形をしているのまでわかった。由美の唇とそれとの距離がとても不快だった。やがて由美が身を離すと、警官はあたしのまえを通って大股《おおまた》に炎の軌跡をたどり、追いついてそれを丹念に踏みつぶした。眺めていると、ふと背後から抱きしめられて甘い匂いに包まれた。

「こんどは、もっと大きな花火しようか」

振り向いたあたしの鼻先で由美は舌を出した。闇のなかでそれは不思議と、赤々と輝いて見えた。

家には鍵《かぎ》が掛かっていた。チャイムを鳴らすとおやじがドアを開けた。

「ママが泣いてる。八種類も料理をつくって待ってた」

調子を合わせるように、うわああという号泣がリビングから聞こえてきた。夕方からずっと続けてるんだとしたら、ママは問題なくどんなメタルバンドにも入れる。

「どれも由美のぶんだけ残してあるから、自分で温めて食べなさい」

「いらない。キャンティでその倍食べてきたから」

おやじは目をまるくした。眉根《まゆね》を寄せ、声を低めて、

「男とか」

「女だよ。女も女」

ママの姿を見るのが厭《いや》で、框《かまち》に腰を下ろしてのろのろとスニーカーの紐《ひも》を解いた。おやじの靴が揃《そろ》えてある。息を吸いこむと汗の匂いがつんと鼻孔《びこう》を刺した。由美はどうしてこんな男に惚《ほ》れたんだろう。そう思ったら無性に可笑《おか》しくなった。世の中、案外面白いことがあふれている。電話が鳴った。由美だと直感した。

「あたし」

スニーカーを脱ぎ捨てておやじの手から受話器を奪った。

「雨笠です」

「リエじゃなきゃ切ろうと思ってた」

由美だった。

「火事よ」

「どこで」

「うちの近所。いま近くの公衆電話」

背後にサイレン。あたしの胸は高鳴った。

「木造アパートなの。まだ燃えてる」

「見えるの？」

「見える。あ」

サイレンだけになった。

「もしもし、もしもし」

「柱が崩れた」

「いま？　いま？」

「たったいまよ」

「火の粉、上がった？」

「ぱあっと。金粉みたいに」

「だれからなんだ」

後ろでおやじが苛立《いらだ》っている。あたしは受話器をあてたまま、

「放火魔」

と答えた。由美の笑い声がする。

2

ベッドのなかで一日じゅう裸のまま抱き合って過ごすというあたしの素晴らしい計画が、植物のために延期されるとはいったいどうしたことか。貴重な女子高校生の肉体を賞味できるのはあたしが女子高校生のあいだだけだという単純な事実を、はたして貴史は理解しているのだろうか。なぜあたしはこんなマザコンでロリコンで出世の見こみがないうえ、勃起《ぼっき》にも射精にもやたらと時間がかかる三十男に青春を捧《ささ》げているのか。疑問は深まる。

「まだ歩くの」

「五分も歩いてないよ」

「あと何歩？」

「数えといてあとで教えて」

ぽつねんと聳《そび》える硝子《ガラス》のドームは、歩けど歩けど大きさを増してゆくばかりで、蜃気《しんき》楼《ろう》のように一向に接近してくれない。駐車場から熱帯植物園までの遊歩道を、あたしは貴史の腕に体重の半分をあずけてだらだらと歩いている。すっきりと冬枯れた芝生。棕《しゅ》櫚《ろ》の並木。やたらと子供の数の多い家族連れが、騒ぎながらあたしたちを追い越していく。都市再開発計画の予定図に描かれたような日曜の午後二時だが、あたしはずっと足の裏におぼつかなさを感じている。植物園の大温室は隣のゴミ処理施設の余熱によって温められているのだという。まさか匂《にお》いまでは供給されてないだろうが、そう聞いて一瞬でも眉《まゆ》をひそめない人間がいるだろうか。それどころか土やアスファルトの薄皮を剝《は》いでしまえば、この島そのものがゴミなのだ。だだっ広く平らな敷地には、時おりとても強い風が吹く。

「寒い。気が狂う。帰る」

「我慢してくれ」

貴史の腕があたしの肩を包む。

「由美にも見せたいんだ」

「喜ばないと思うよ。植物、嫌いなんだってば」

貴史は植物を愛している。ひとり暮らしの部屋には六本の観葉樹と十数個のサボテンの鉢が置かれ、バルコニーにも鉢植えの花が並んでいる。だから旅行が出来ない。植物好きの心理があたしには理解できない。街路樹のかさついた葉や、幹に付着した緑青色《ろくしょういろ》の細かな苔《こけ》や、鉢植えの茎のびっしりと毛の生えた感じや、泥と微生物にまみれた根元を、どうやったら美と認識できるのか不思議だ。和紙や布でできた造花を見るたび、本物もこんなに清潔だったら愛せるのに、と思う。

「もっと天気がいいと、建物がきらきらしてきれいなのに」

貴史が残念そうに薄曇りの空を見上げる。冗談じゃない。こうも歩かされたうえ日灼《ひや》けまでさせられたら、あたしは今夜のうちに別の男に乗り換える。あたしがいま欲しいのは、密閉された空間のなかでじくじくとこちらが辟易《へきえき》とする直前まであたしの肉体を求め続ける、もうひとつの肉体なのだ。

辺鄙《へんぴ》な場所であるうえ近隣に人の集まる施設などなさそうなのに、植物園の入口には多数の人影が見えた。待ってて、と貴史がチケット売場に向かう。あたしはゲートの下で煙草《たばこ》を吸って待った。二組のカップルが目の前を通過した。どちらも見目のいいカップルではなかったが、そういうカップルであることに満足しているように見えた。どこが違うんだろう。あたしと貴史はどこが違うんだろう？　貴史が戻ってきた。

「疲れた。茶店《さてん》ないの」

「あるよ」

と彼はいったが、まだ休息する気はないようだった。あたしの手を引きエントランスホールをまっすぐに抜けると、順路札の矢印に従って自動ドアへと進んだ。あたしたちは大温室に足を踏み入れた。むんとした生暖かい空気と、つくりものめいたアンスリウムの花がふたりを出迎える。

「アンスリウム」

「知ってるんじゃないか」

「この花だけね」

「好きなんだ」

あたしはうなずいた。

「葉っぱも花もつるっとしてて、プラスチックみたいだから」

「南国の花には多いよ」

だとしたら、あたしの植物への嫌悪《けんお》には注釈をつけないといけない。その花束なら心から愛せる。

「さきにもっと凄《すご》いのがあるよ」

「まず茶店で休みたい」

「それを見たら引き返そう」

貴史の肩が羊歯《しだ》の葉を揺らす。あたしは唇を尖《とが》らせてスニーカーを引きずった。熱帯の水辺がこぢんまりと再現されている。人工の滝がある。鳥の声が微《かす》かな音量で流れている。人のためだろうか、それとも植物のためだろうか。樹木から垂れ下がったラッパ状の黄色い花々。その向こうに再び滝が覗《のぞ》いた。水のカーテン越しに、大きな赤い花が見えた。

「潜れるよ」

「濡《ぬ》れる？」

「すこし」

「潜る。暑いや」

あたしはコートを脱いで貴史に投げつけた。

「気紛《きまぐ》れだな」

彼はそれを受け取って笑った。いつもそうだ。あたしの身勝手を、彼はただ笑う。とても気楽で、同時に淋《さび》しくもなる。彼があたしを恋人と認識しているなら、けっしてそういう態度はとれないだろう。制服のあたしは、社会人の貴史にとって、偶然手に入った宝石なのだと思う。布団《ふとん》に潜りこんできた猫なのだと思う。少年時代に夢中になったプラモデルの延長線上の存在だ。女ではない。貴重な植物に接するように、貴史はあたしに話しかけ、愛撫《あいぶ》し、唇を這《は》わせる。すくなくとも制服を脱ぐまでのあいだ、あたしには優しい時間が約束されてる。

滝の下で赤い花を見つめていると、それは由美の姿に重なった。表示板にムッソウゲとある。盗んでいって由美の髪に差したら、どんなにか似合うことだろう。

「この花は一日しか保《も》たない」

「きれいだから」

「そうだね。長く咲くにはきれいすぎるのかもしれない」

「たぶん、本当は、十五分くらいでいいんだよ。最高のときって」

「アンディ・ウォーホルだね」

「アンディ、知ってるの？」

「そりゃあ巨匠だし」

「有名人？」

「言葉だけ知ってたのか。マリリン・モンローがいくつも重なってる版画、見たことない？」

「ある」

なんだ、とあたしは唇を動かし、そのことについては考えるのをやめた。ふたたび由美のことを思った。目前のことから顔を背けたいとき、由美のことを思うのが癖になりはじめている。そのあいだだけ、ふわりとてもいい気分になる。由美は南国で生まれたという。宮古島だと聞いた。最初その白い顔が南国という言葉に似つかわしくなく思えたが、南だからといって誰もが黒い肌をしているわけではないだろうし、長く東京に暮らしていれば肌の色も抜ける。くっきりとした目鼻といい豊かな髪といい、それこそ一日で生涯を閉じてしまいそうな存在の濃密さといい、いまは南の女でしかあり得ないという気がしている。お陰でこのところ熱帯に思いを馳《は》せてばかりいたから、貴史が熱帯植物園に行こうといいだしたとき、符合に驚いた。熱帯の名のつく場所を目指すのでないかぎり、断固として彼の車の助手席に乗らなかっただろう。もっともあたしの頭のなかの熱帯の図は、美術の教科書にあるルソーの絵から一歩も外に踏み出せないのだけど。

「由美、あれ」

人工の短い洞窟《どうくつ》で、貴史が出口の向こうを指さした。目をやると、外気との温度差に表面を曇らせた硝子の壁際《かべぎわ》に、淡い青緑色をしたペイズリー形の花が房になって、樹《き》に絡《から》みついた蔓《つる》から垂れ下がっている。

「これ見せたかったんだ」

青緑色の花というのを、あたしは初めて見た。原色に近い赤や黄色や紫に慣れはじめた目に、その涼しい色合いはやけに可憐《かれん》に映った。周囲の葉や茎の緑とはまったく違う輝きを帯びて、ルソー的な密林のなかにぼおっと浮かんでいるのだった。

「翡翠葛《ひすいかずら》。新聞に、いま咲いてるって」

「珍しいんだ」

「あまり見られない」

「好きなの？」

「ずっと、見ていたいね」

「もし、あれが貴史にとって珍しくない花だったら？」

なんておかしなことを訊《き》くんだろうというように、彼はあたしの顔を見て笑った。

「きれいなことに変わりはないけど、もちろん有難みは薄れるよね」

「ここまで見に来た？」

「来ないだろ。どこにでもあるなら」

「そうだよね」

「つまらない？　地味な花でがっかりした？」

「ううん。とてもきれいだよ」

貴史にそう見えるなら、と胸のなかで続けた。あたしは、きちがいのような大輪の花こそきれいだと思う。

3

由美は代官山に住んでいる。田園調布の外れのあたしの家からそう遠い距離ではない。小公園の裏手の鉄筋三階建ての、最上階の角だ。伸びすぎた公園の桜の枝が、ほとんどドアに接するほどに迫っている。窓も同じ樹の枝が塞《ふさ》いで、外界と室内とを緩やかに遮断している。あたしが訪ねていくと由美はたいてい眠っていた。あたしが学校をふけて午前中にばかり訪ねるからで、これは午後だと彼女が仕事に出掛けてしまうし、深夜はおやじと鉢合わせする可能性があるからだ。機関銃のようにチャイムを鳴らさないと由美は起きてこない。こちらがちょっと疲れてしまった頃になって、ようやくドアが開く。部屋はいつでも暖房が効いていて、由美は裸に近い格好でいる。

「おはよ。ゆうべも仕事遅かったの？」

「ううん、きのうは休み」

彼女はぼさぼさの頭を振り、林檎《りんご》が入るほど大きな欠伸《あくび》をした。黒いオーガンジーのナイトドレスのなかで大きな乳房が揺れている。

「だからね、ジュンと朝まで」

部屋におやじの足の匂《にお》いが残っているような気がして、ドアを閉めるのを一瞬ためらった。

「とてもがんばったからお腹《なか》がすいたわ。リエ、きょうのお弁当なに？」

あたしが下ろしたリュックのなかを勝手に探る。あたしが靴紐《くつひも》をほどいているあいだに彼女は弁当箱を探しあて、その場で蓋《ふた》を開いた。

「まあ、茶巾寿司《ちゃきんずし》に鶏《とり》の唐揚げ」

唐揚げを手づかみで食べはじめる。憎悪《ぞうお》しているはずのママの料理を、それがあたしの弁当の姿をしていると由美は喜んで口にする。

「おいしい」

「お邪魔」

ヒールとその箱とが山をなしている上に、自分のスニーカーを放り投げた。黒や茶のヒールに埋もれたフィラのバスケットボール・シューズは、ぽってりとしてやたらと子供じみて見える。由美を追い越して部屋に入っていく。彼女は弁当箱を抱きかかえたまま、

「いまコーヒーでもいれるから」

「どうでもいいけど、あたしのぶんも残しといて」

　由美の部屋は六畳ほどのワンルームで、小さなキッチンとバスルームがついている。部屋の半分を場違いな天蓋《てんがい》つきの豪華絢爛《けんらん》なベッドが占め、フローリングには煙草《たばこ》の焦《こ》げ跡が散り、カーテンレールには色とりどりの洋服が掛かって窓の面積を半分に狭めている。こんな大きなベッドを置くよりタンスを買えばいいのに。壁際《かべぎわ》に腰を下ろし、起きてから二本目の煙草をくわえた。深紫色のロングドレスがエアコンの風になびいて、裾《すそ》であたしの顔を撫《な》でる。

「由美、もっと広いとこに越さないか」

「めんどくさいもの」

「ここ狭い」

「お金もないし」

「だからおやじに払わせろって。金だけはあるんだから」

ライターを擦っても擦っても火がつかない。オイル切れらしい。コーヒーを運んできた由美が、ベッドの枕元《まくらもと》から百円ライターを取り出して、はい、と投げてきた。鼻先でつけたらいきなり巨大な炎が出現して、あたしは前髪をすこし焦がしてしまった。

「パス」

由美も自分のカールトンをくわえている。ライターを投げ返した。

「わたしは愛人じゃない。お金なんか要らない」

彼女は煙草に火をつけると、あたしの頭上に向かって煙を吐いた。

「ジュンだけなのよ、あたしが欲しいの」

あたしには古くさいこだわりに思える。どうせばかみたいな値段のする酒や、時計や、車に化けるだけの金だ。

あ、そうだ、と由美がとつぜん声を高くした。彼女は煙草を灰皿に置いて、ベッドの下に潜りこんだ。がさごそ、がたがたとしばらく音をたてていたが、やがて黒いビニールの手提げを引っぱり出した。

「買ったの」

と袋のなかから、値札がついたままの青銀色のワンピースの水着を取り出した。ナイトドレスを床に落として、胸の前にあてる。

「素敵でしょ」

「いいね」

「田舎の島で泳ぎたい。うまいのよ。人魚みたいに速いの」

「帰ることってないの？」

「ずっと帰ってない。もう七、八年」

「きれいだろうね、宮古島の海」

「夢みたいよ。そうだ、今度いっしょに行こうか」

「いつ？」

「いつでも。来月でも、来週でも」

彼女は水着をベッドの上に投げた。

「そうしよう。泳げる？　水着持ってる？」

「ロリコンが喜ぶ学校指定のなら」

「じゃあ買いにいこう。沖縄に似合う水着」

「いまから？」

由美はうなずいて洋服を選びはじめた。あたしはコーヒーを飲んだ。

平日午前のデパートに人影は少なく、お客の年齢層が高いこともあって、あたしたちはよく目立った。目立つのは好きだ。黒い髪を伸ばしていた頃も、あたしはよく目立つ生徒だった。それにいまの何倍も男子に人気があったけど、ニキビ面《づら》には興味がないからどうでもよかった。サラリーマンの白いワイシャツにしか決して感じない、と頑《かたく》ななまでに思っていたし、いまも貴史が背広の上着を脱ぐとずきんとくる。セーラー服のままでやってもいいから貴史もワイシャツを脱がないでほしい、と頼んだことがある。だけど途中で貴史だけ脱いでしまって、そのうえ興奮して異常に大きくなったらしく膣《ちつ》のなかが裂けてしまって、散々だった。

きょうの由美はすっぴんだ。すっぴんでもきれいな顔をしている。もう少し背があればモデル出身のテレビ女優くらいには見える。きれいな人間への偏愛傾向が、あたしには間違いなくある。いつもきれいな人間だけに囲まれていたい。瞳も美砂も恵里奈もかなりきれいだ。朋子はちょっと肥満しすぎてるけれど、型から出したてのゼリーのような頬やえくぼの浮かんだ手には特別の魅力がある。貴史も端正で清潔そうな容姿をしている。

店のなかには四月が訪れていた。

「リエ」

ペパーミント色を纏《まと》ったマネキン、

「ん？」

ブラウスはフリル、

「女の子同士の買い物っていいね」

チューリップラインのスカート、

「うん」

合成樹脂の細い脚、

「わたし、忘れてた」

ハイヒールの流線型。

「なにを」

雨傘の水玉模様、

「いつも男といたから」

パディントンベアのレインコート、

「でも男はひとりくらいいたほうがいいよ」

サングラスの壁にふたりが映る。

「わたしね、怖くって」

カフスボタンの紋章、

「なにが」

金色のウィッグ、極楽鳥の尻尾《しっぽ》のよう、

「ひとりぼっち」

トンボの翅《はね》のようなスカーフ、

「このあいだ、初めてセックスした」

ブローチは真珠、

「どうだった」

あ、このイヤリング可愛《かわい》い、

「楽しい。はまってる。間違い？」

リップスティック、リップスティック、リップスティック、マニキュアの棚、

「楽しければいいの」

由美の指が瓶のひとつに絡《から》んで、すばやくあたしのコートのポケットに落としこんだ。

あまりの早業に、あたし自身、なんの反応も示せなかった。

「楽しければいいの」

由美が繰り返す。あたしたちは視線を合わせ、笑った。

「いいなあ。わたしも戻りたい」

フレグランスの花壇。百合《ゆり》の……シトラスだ……これはジャスミン。由美の指があたしの手のなかに滑りこむ。指と指をつないだ。由美の香りがいちばん強い。由美はジー

ンズにピンヒールを合わせている。華奢《きゃしゃ》で筋張った足首をしている。おとなの女の足首だ。いつもヒールだね、とあたしがつぶやくと、由美は小首をかしげ、それからあたしのスニーカーに視線を落とした。

「リエにもプレゼントしてあげる」

「いいよ、似合わないよ」

由美は聞かずにエスカレーターへと向かった。靴売場に着くと彼女はさっと棚を見渡し、これ、といって黒いバックスキンのピンヒールを手に取った。ストラップには金色の留め金がついている。信じられない選択だった。可愛い色も飾りもない、シンプルなおとなの靴。試着は緊張した。立ち上がると身体《からだ》がふらふらと揺れた。前のめりになったぶん、体重が指先にばかりかかる。どう？　由美が悪戯《いたずら》っぽく笑って訊《たず》ねる。

「いい感じ」

とあたしは答えた。最高にいい感じだった。

靴の箱を抱えて喫茶室に入る。ああ疲れた、と由美がテーブルの下に脚を投げだす。

「あたしも。久しぶりに運動した」

「学校で体育があるでしょう」

「おむつみたいなブルマーが嫌いなんだ」

テーブルのそばにケーキのワゴンがあった。食べる？　と由美が訊《き》いた。とても欲しかったけど、見栄《みえ》を張って頭を振った。

「わたしは食べる」

由美は飲みもののほかにショートケーキとクレープを注文した。運ばれてきたクレープを、彼女は手づかみで食べた。

「クリームついてる。頬っぺた」

注意すると、彼女は舌先でそれを器用に舐《な》めとった。

「子供だね」

あたしはおとなぶって笑った。彼女はちょっとびっくりしたような顔で、

「どこが」

あたしは黙ってしまった。由美はクレープを食べ終えると、いった。

「リエはどんな夢みる?」

「夢?」

「あるじゃない。百メートル走のスタートで足が動かないとか、空を飛んで学校を見おろすとか」

「試験で一問もわからなくて焦《あせ》る夢ならよくみる。正夢なんだけど」

由美はくすりともしない。

「わたし、生理のときってジュンを殺す夢ばかり」

彼女との距離が一気に遠ざかった。再び近づきたくて、あたしは懸命に言葉を探した。

「股《また》から血流してんだから、グロい夢もみるよ」

「どうして生理なんかくるのかしら」

由美はフォークでショートケーキをなぶった。

「刺したり、殴ったり、いろんな殺し方なの。ああ、殺してしまったと思って、後悔して、声を限りに泣き叫ぶの。なのに次の晩はべつのやり方で、ジュンをまた殺してしまう。ねえどうして生理なんかくるの」

ケーキが粉砕されてく。裂けて、潰《つぶ》れて、ぐちゃぐちゃの混沌《こんとん》に戻っていく。

「女の証《あかし》じゃん」

とあたしは努めて投げやりな調子でいった。

「そんなもの」

と由美は息を荒らげた。フォークがテーブルに落ちた。手が痙攣《けいれん》している。

「由美」

あたしはリュックのポケットからビニール袋を出して、彼女の顔にあてがった。前のことがあったので常備するようにしていた。それから彼女の後ろに立って背中をさすった。彼女の背中は意外に小さかった。震えていた。

「ヒール、ありがとう。でも水着見るの、忘れてたね」

由美をさすりながらいった。彼女はうなずいた。すこし呼吸が整いはじめた。

「これから見にいく？」

仕事が、と彼女は頭を振った。

もう帰って、仕度しないと。

「じゃああたしも由美ん家《ち》までいって、それから仕事場まで送る」

だめ、と強く拒絶された。

仕事のこと、あれ嘘《うそ》。

「優雅な仕事だってあれ？　気にしてない。優雅な仕事なんてないよ。たぶんあたし、わかってるから」

仕事場、ないの。

「どういうこと」

会話を続けたかったが、由美は黙りこんでしまった。あたしは椅子《いす》に戻った。由美はじっと腕の時計を見つめている。

「食べる」

とあたしは宣言して、ショートケーキの原型を留めていない塊を手づかみで口に運んだ。

「ほんとはすごく食べたかった」

といったら、由美はすこし笑った。由美の笑顔はとてもきれいだ。あたしは由美が好きだ。とても。

由美とはデパートの前で別れた。渋谷《しぶや》。どこに行くにも中途半端《はんぱ》な感じの時刻だった。山手線で原宿に出た。竹下通りをぶらついたあと、アーモンド・チョコのクレープを買った。食べながら歩いていたら、修学旅行生の緑色のブレザーの波に呑《の》みこまれかけた。みんな赤黒い、田舎くさい顔をしていた。十二月だというのに誰もコートを着ていない。制服にコートを重ねる習慣がないということは、きっと南のほうの学校なんだろう。

「それ、どこで買われたんですか」

緑色のひとりが、おずおずとした調子であたしに声をかけてきた。背が低く、長い髪をおさげにしていた。

「あそこ」

と指で差して教えると、彼女は、どうもご親切にありがとうございました、とばか丁寧な挨拶《あいさつ》をして、ブレザーの群れのなかに戻っていった。彼女らの茶色い革靴も、いつかヒールに変わるんだろうか。

「アーモンド・チョコがいちばんおいしいよ」

とあたしが叫ぶと、何人かがまたばか丁寧に頭をさげた。明治通りに出た。裸の街路樹が電球で飾られている。あかりのひとつひとつが、ぼんやりと暗い空に滲《にじ》んでいる。すれ違う人たちはみな、コートの合わせをつかみ、前屈《まえかが》みになって、なんらかの理由で路《みち》を急いでいた。表参道の交差点。貴史の勤めている銀行が見える。電話ボックスが空いていたので、貴史の携帯に電話してみた。

「あたし。いま近くにいるんだけど」

「きょうは何時に終わるかわからないんだよ」

デートしようと切り出すまえに、そう返された。

「べつに、そういうんじゃないよ」

気がつくとボックスの外に次の利用者が待っていた。獅子舞《ししまい》の獅子のような顔をした中年女だった。どう長く見積もっても十五秒くらいしか待っていないはずなのに、じっと腕時計を見つめていた。通話を引き延ばしたくなった。

「昼ご飯、なにを食べたの」

「カレーライス」

獅子舞の獅子よりも狛犬《こまいぬ》に似ている。沖縄の狛犬だ。なんてったっけ。

「貴史がまえいってた、すごく辛くておいしいとこ？」

「そう」

「あたし、いつそこに連れてってくれるの？」

「いつでもいいけど、由美、辛いものだめじゃないか」

「でも行きたい」

谷村さん、この写しは……と貴史の背後で声がした。ハスキーな女の声だった。

「それでお願い」

と貴史がその声に答える。

「じゃあまた」

通話を切ろうとすると貴史は急に慌《あわ》てたようすで、

「ゆっくりとは会えないけど、せっかくだからお茶でもしよう。ここと交差点を挟んで向かいのカフェデプレ。一回行ったよね」

「忙しそうだし、いいよ」

「二十分。いや、三十分後に」

といって電話は切れた。電話のコードに絡ませた指をゆっくりとほどいた。外の女がドアを叩《たた》いた。

「シーサー」

と急に思い出して入れ違いにささやいた。女はきょとんとしていたが、その表情がまた似ている。

通り沿いのふたり掛けの席に案内された。隣の席には赤毛の白人男と長い髪を上品に巻いた日本人の女がいた。女は由美と同じぐらいの歳格《とし》好だ。流暢《りゅうちょう》な英語を話していた。あたしは煙草《たばこ》に火をつけた。ここの苦いココアは煙草に合う。肺を通って白っぽくなった煙越しに、道行く人々の足元を眺める。

「なんで煙草吸うのかしら」

隣の女がわざと聞こえるようにひとり言をいった。この女のこういう部分もちゃんと英語に翻訳されてるんだろうか。

「ニコチンとタールがうまいんだ」

あたしも聞こえるようにひとり言をいった。それからポーチを出して口紅を塗りはじめた。隣の女はため息をつき、

「最近の若い子って――」

そのあとの言葉は連れの外国人に向けて英語で話していたからわからなかったが、あたしの美貌《びぼう》を絶賛しているのでないことだけは確かだった。手鏡を覗《のぞ》いた。口紅がはみ出しているところを直した。やっぱりあたしはきれいだと確認して、白人に向けてウインクしてみた。軽いウインクが返ってきた。

腕時計を見た。もっと煙草を吸いたいが、箱のなかが空だ。由美に買ってもらったヒールの箱を開けた。靴下を脱ぎ、それに履きかえる。座っていると体重がかからないので痛くない。隣の女があたしを意識して横目で見つめているのがわかった。女はプラダのブーツを履いていた。

「由美」

あたしの意識はリエのほうに切り替わっていたので、最初は気づかなかった。

「由美」

肩を叩かれた。貴史が後ろにいた。

「エスプレッソ。ダブルで」

彼は早口でウェイトレスに告げ、どっかりとあたしの横に座りこんだ。

「相変わらず、いつもぼんやりしてるんだな」

「貴史も相変わらずおっさんスーツじゃん」

シングルブレステッドの紺の背広は、痩《や》せ型で神経質っぽい貴史によく似合う。そしてそういう姿の貴史は、制服に赤い髪のあたしにいかにもそぐわない。隣の女が、コーヒーのミルクを注ぎ足したり、男に肩を寄せたりして懸命にあたしたちを観察している。

「由美、それ」

貴史があたしの足元を見ていった。

「似合う？」

「変だぞ」

驚いて彼の顔を見返した。視線はすれ違った。

「だいたい、髪だってさ」

あたしは席を立った。

隣の女と目があった。逸《そ》らせまいと目に力を込めた。女も眼球で力んでいた。何秒か睨《にら》みあって、けっきょく向こうが犬のようにそっぽを向いた。

「どうしたんだよ。由美」

あたしは貴史を振り返った。

「由美じゃないのよ」

制服にピンヒールを履いたまま、あたしは駅から電車に乗った。渋谷駅の階段の昇り降りにとどめを刺され、東横線のプラットフォームではただ立ってさえいられなかった。ベンチに掛けてヒールを脱いだ。足の裏を見て自分で驚いた。両足とも拇《おやゆび》の付け根に見たこともないような大きな肉刺《まめ》がある。触っただけで破裂しそうだ。脹《ふく》ら脛《はぎ》は痛みを超えて痺《しび》れがきている。首を締めてやればよかった、と脹ら脛を揉《も》みながら思う。由美はおやじを殺す夢を見るといったけど、それは愛情が深すぎるのだとあたしは思った。あたしがいま貴史に対して感じている落胆とは、まったく質が違う。

ぎくりと動けなくなった。


(貴史じゃないかも)

眉間《みけん》のあたりに視線を感じた。顔をあげかけて、ぎくりと動けなくなった。

プラダ。

頭を動かさないよう視線だけを上昇させたけど、スカートが見えない。この寒さだというのに頭のなかにじわっと汗が浮かぶのがわかった。ブーツはいつまでも立ち去らない。顔の表面に血液が集まる。そのうち真面目《まじめ》に気分がわるくなってきた。電車が来た。あたしはベンチから動けなかった。プラダはゆっくりとその場でフルターンして、あたしの視界から消えた。ドアの閉じる音にようやく顔をあげると、硝子《ガラス》越しに、雑誌を捧《ささ》げ持つ白く滑らかな手が見えた。


深夜、机で沖縄のガイドブックを眺めていたら、由美、とおやじがドアをノックした。

「入るぞ。入った」

部屋に入ってきた。

「おやじだ。いつ帰ったの」

「行方不明者のようにいうな。たまには帰れる日もある」

煙草をくわえている。あたしのベッドに腰をおろして、

「灰皿ないか」

机の抽斗《ひきだし》から灰皿を出しておやじの足元に置いた。ついでに自分のカールトンにも火をつけた。

「元気か」

「なにしにきたの」

「娘の顔を見に。それから小遣いでもと」

「愛してるわパパ」

「煙草、変えたな」

あたしはマイルドセブン派だったのに、由美の部屋で貰《もら》い煙草をしてるうちに好みが変わってしまった。どういい繕おうかと考えていると、

「あいつんとこ、遊びにいってるんだってな」

お見通しだといわんばかりにおやじは腕を組み、脚を組み合わせた。なんだ、由美から筒抜けか。なんとなくがっかりした。

「べつに隠すつもりもなかったんだけど、おやじが気まずいかと思ってさ」

「気まずいといえば気まずい。しかし知られたのが由美でよかった」

「ママにはいわないから。そんな気ぜんぜんないから。あたし、由美のこと好きだし。ところであたし、リエに改名したから」

「なんで」

「由美がふたりじゃ不便だし、おやじも勃起《ぼっき》しにくいだろうし」

「リエね。字は？」

「知らない。音だけ」

「リエか。慣れないと呼びづらいな、リエ」

まあいいか、とおやじはあっさり納得してしまった。

「ところでリエ、旅行でも行くのか」

と机の上のガイドブックを顎《あご》で指し示す。

「由美と」

「沖縄？」

「宮古島。由美の故郷。冬でもいちおう泳げるって」

「いいなあ。いつだ？」

「決まってないけど、近々。由美がまとめて休みを取れたら。ついてくんなよ」

「沖縄はけっこう高いぞ。ママには内緒なんだろう？」

「箱根とかいっとくよ。瞳たちと」

「旅費はあるのか」

「ですからいま、肩でもお揉みしようかと」

「ないのか」

「ちょっと苦しい。正直にいえば、とてもあてにしてる」

ふうむ、とおやじは手に顎を乗せた。アルファロメオとジャガーに乗ってる男が、沖縄ごときで渋い顔を見せないでほしい。

「まあ、考えておこう。由美の家族に会ったらよろしく。弟はリエと違って大秀才らしい。ただ母子家庭で、お母さんも身体《からだ》がわるくてな」

おやじは中途半端《はんぱ》に話を途切らせ、さて、と煙草を揉み消した。彼も詳しくは知らないのだろう。

「また出掛けるのか」

「いや、風呂《ふろ》に入る」

「由美のこと、もうすこしいい？」

「どんな」

「どこで知り合ったの」

おやじは一瞬、難しい顔をした。また脚を組み、新しい煙草をくわえる。その最初の煙を吐いてから、

「仕事のことは」

「由美の？　なんとなく想像はついてるけど」

「じゃあ話が早い。その客として出会ったんだよ」

「でも、由美が変なこといってた。本当は職場がないとか」

「確かに、ないな。由美のそれは、ホテルに出張するタイプの、ほら」

「売春」

「そのいい方がいちばん正しい」

「おやじ、平気なのか」

「もちろん、辞めてくれればと思ってる」

「生活くらいなんとかしてやれよ。愛してるんだろ」

「愛してるさ。でも援助は出来ない。固く拒絶もされてる」

「なんで」

「それをやったら、また客になっちゃうだろ」

4

沖縄への幻想が日に日に肥大している。密林や花々や珊瑚礁《さんごしよう》だけではなく、ソーキ蕎《そ》麦《ば》だとかラフテーだとか琉球舞踊《りゆうきゆうぶよう》だとか山羊《やぎ》料理だとか泡盛だとかアオブダイだとかボートでいく無人島ピクニックツアーだとか足ティビチだとかブルーシール・アイスクリームだとかスクガラス豆腐だとかオリオンビールだとか半潜水型観光船だとかちんすこうだとか十七世紀の人頭税石だとかアサヒガニだとか東道盆《とうんだーぼん》だとかゴーヤチャンプルだとかグルクンの唐揚げだとかぷからす農園のトロピカルフルーツだとか、その類《たぐい》のあらゆる単語がガイドブック漬けのあたしの脳内を渦巻いて、そのいずれもがあたしと由美の永遠の友情と、互いの幸福を保証してくれる楽園への招待状のように感じられるのだった。ごく近い将来実現する予定の沖縄行こそ、あたしをあらゆる苦しみから救済してくれる、神秘の体験であり、二度めの誕生であり、煩悩《ぼんのう》からの解脱《げだつ》であり、精神的初潮であり……などという都合のいい話が旅行代理店でパッケージング販売されているはずなどないのだけど、あれから貴史とは会っていないし、会いたい気にもならないし、火事が起きたという話も起こすという情報も入ってこないしで、けっきょく由美の部屋でだらけて過ごしてる以外の時間はその甘い匂《にお》いや呪文《じゅもん》めいた話し声や大きな乳房やすっきりとした足首を思い浮かべて気を紛らわせるほかなく、それはそのまま写真でしか知らない宮古島の風景につながって、あたしのなかで永久運動している。

「雨笠さん」

と名前を呼ばれた。え、と沖縄で鳥や魚と戯《たわむ》れるリエから一年C組の由美に戻って訊《き》き返した。

「え、じゃないでしょ」

呼んだのはマギーだった。英語の教師で風紀委員会の顧問で、本当は阪本とかいう。あたしが彼女を嫌いな以上に、彼女があたしを嫌っているのを、いつも肌で感じている。マギーはつかつかと床を踏みならして、いちばん後ろでいちばん窓際《まどぎわ》のあたしに近づいてきた。あたふたと机のなかから教科書を出す。

「百三十七ページ」

前の席の恵里奈がそっぽを向いたままで囁《ささや》く。ページをめくろうとしたが間に合わなかった。いまだ新品同様の教科書の表紙は、マギーの銀色の指示棒に抑えつけられた。教室は静まりかえってる。

「なにしに学校に来てるんですか」

あたしは小首をかしげた。

「黙っていちゃわからないでしょ」

そんなこと訊かれても困る。来なきゃいけないといわれてるから、しぶしぶながら来てるのだ。連立方程式や古語の活用や化学記号が社会で役立つとは思えない。春休みに両親とハワイにいったけど、学校で勉強した表現なんてほとんど通じなかった。あたしのほうこそなんで学校に来なきゃいけないのか教えてほしい。

「だいたい、なんですか、その頭」

あんたこそ、とおなかのなかでつぶやいた。なんですか、その中途半端な丈のスカートは。ただひとまとめにしただけのぱさぱさな髪は。ひからびた肌なら肌で、せめて薄化粧するのが人様に接するときの礼儀でしょう。この世のなか、男と女の二種類しかいないってことを、なぜそう頑《かたく》なに無視するの。そんなんでは女の幸せは永久に訪れない。断言してもいい。あんたは一生、不幸なままだ。

「なにか匂うわ。雨笠さん、なにかつけているわね。その歳《とし》でいやらしい」

由美にもらった香水をつけていた。由美と同じ、南国の匂い。懸命に力んで膨らもうとするカワハギの干物を見返しながら、あたしはまた首をかしげた。いやらしいくらいのほうが、よっぽど魅力的じゃないか。

そういえば匂うよな、とか、そこまでやる？　と家畜らしい忠誠心を表明しはじめたやつらもいて、室内はしばし騒然となった。教室の風景がきゅうに遠ざかって感じられた。宮古島に帰ろうかな、と思った。スウォッチを見た。まだ由美のいる時間だ。代官山の小さな南国。鞄《かばん》をつかんで立ち上がった。非難の視線があたしに集中する。心配そうな色をした、恵里奈や美砂のそれも混じっている。

「雨笠」

近藤広人が大きな声をあげた。

「香水、明日はとってくるよな」

ご両人、だの、尻《しり》に敷かれてんじゃないの旦那《だんな》さま、だのと男子の一部が囃《はや》したて、みんながどっと笑った。さっきの連中とはべつのかたちで、教室のルールに迎合している。頭のわるい近藤は、愛想をふりまくように周囲に笑い返している。そうしたすべてがあたしは恥ずかしくて、のぼせたみたいに顔が熱くなった。チャイムが鳴った。

「近藤くん、もういいわ。雨笠さんにはいうだけ時間の無駄です。今日の授業はこれまで」

立礼。マギーは教室を出ていった。あたしは椅子《いす》に座ったまま近藤に、

「よけいなことすんなよ」

といった。近藤は笑いながら、

「便所」

といって消えた。

「ちょっと。びっくりしたよもう」

瞳が早足で席に近づいてきた。恵里奈もあたしの席をふり返って、

「由美、やりすぎだよ。いくら大学までエスカレーターでも、足切られちゃうよ」

「足切られるって?」

「まったく、のんきだなあ。それにしても近藤って、あれなに、由美に惚《ほ》れてんの?」

瞳はそういって、あたしの机にお尻を乗せた。

「んなわけないよ。昔っからお節介なんだ」

「そうかなあ」

　ふたりは視線を合わせてにやにやしてる。

「ああ、うざってぇ」

　美砂の声がした。さっきあたしを冷やかした男子のひとり、鏑木《かぶらぎ》の机の脚を蹴《け》とばしながら、こっちに近づいてくる。昔のヤンキーみたいなその態度に、あたしたちはおなかを抱えた。人数の減った教室にあたしたちの声ばかりが響いた。

「女のくせに」

　と鏑木が教室を出ていきぎわにいったのを耳にして、

「ばっかじゃないの」

　瞳は両手をひろげた。

「いまの世の中、女のほうが特権階級なんだよ。あたしたちは選ばれるふりして選んでんの。よっぽどのブス以外ね」

　由美はどうなんだろうか、と思った。男に買われている女というのは。朋子が教科書を抱えて、後ろに立っていた。

「次、化学室だよ」

「帰る」

　あたしは鞄をつかんだ。

「ええ、あと一時間なのに。放課後のカラオケは？」

「西高の男子来るのに、人数が合わないじゃん」

瞳と恵里奈がくちぐちに文句をいう。

「腹が痛くなった」

「いま風邪流行《はや》ってるからね」

朋子があたしの顔を見てほほえんだ。ほんとうにおなかが痛くなってきた。


午後の山手通りは混《こ》んでいてタクシーはなかなか進まなかった。降りて時計を見ると四時だった。留守かもしれないし、出勤の準備で忙しいかもしれない。いっそ留守のほうがいい。こんな時間に遊びにいって、いやな顔をされるのは怖い。仕事用だといっていた携帯の番号に電話するのはためらわれた。ドアの前に立ってからも、しばらくチャイムのボタンに触れられずにいた。まるで恋してるみたいだなと思った。

(ばかじゃないの)

チャイムを鳴らした。

「だれ？」

向こうで声がする。

「リエ」

由美が出てきた。スリップ一枚だ。頭にカーラーを巻いて、ファンデーションだけ塗った白い顔をしていた。

「この時間は忙しいっていったでしょ」

眉《まゆ》も唇も塗りつぶされているので、表情はわかりづらい。でも本気で怒ってはいなさそうだ。安心した。

「ごめん、ちょっと用事があって」

「なによ」

「おとつい忘れ物した」

「なに」

「ライター」

「大切なものなの？」

「うん」

「ふつうのジッポーだった」

「そうだけどさ」

あたしが口ごもると、由美は声をあげて笑った。

「あんたたち親子って」

え、と部屋のなかを覗《のぞ》きこんだ。ベッドの前であぐらをかいているおやじと目があった。おやじは片手をすこし上げた。

「まあ、あがんなさいよ」

おやじの靴を見て息をとめ、その隣に自分のスニーカーを脱いだ。テーブル越しにおやじと向かいあい、あたしもあぐらを組んだ。由美はドレッサーに向かって化粧の続きをはじめた。

「なにやってんだよ」

おやじに小声できいた。

「昨日泊まって、なんとなくそのまま」

「由美、これから仕事だろ。困ってんじゃねえか」

「外、寒いし」

おやじもあたしと同じく、すこしでも由美のそばにいたいんだろう。さあできた、と由美がドレッサーの円椅子から立ちあがった。両手を腰にあててあたしたちを見おろした。きれいだ、とおやじがいった。あたしもそう思った。

「わたし、仕事に出かけるけど、あんたたちどうするの?」

「行くのか」

とおやじが寂しそうにつぶやいた。

「もちろん」

あ、とあたしは大声を出した。

「おやじがさ、由美の時間を買えばいいんじゃん」

「ジュンは客じゃないもの」

由美があたしを睨《にら》みつける。

「今日だけいいじゃないか」

おやじがいうと、いやよ、絶対にいや、と由美はだだっ子のように身をよじった。ほんとうに嫌がっているのではなくて、媚《こ》びを売ってるようにも見えた。

「由美さ、どんな客だって指名されたら仕方ないんだろ」

「それはそうだけど」

「もっといやな客だっているだろ」

「いっぱい。ほとんど」

「どんなの？」

「体じゅう舐《な》めまわしたり、縛ったり、あそこに変なものを入れたり……」

おやじがあたしたちから目を背け、煙草《たばこ》に火をつけてカーテンのかかった窓のほうを見つめる。由美の表情は残忍な輝きを帯びていた。まるでおやじに聞かせたがってるみたいだ。

「バイブはもちろん、野菜とか、ヘアムースの瓶とか、ボールペンの束、ゴルフボール、電球、そうそう、いちばんむかついたのが、結婚指輪を入れて、宝探しとかひとりで盛りあがってたやつ」

語尾のところで彼女はちらりとおやじを見た。悪趣味だなあと思った。

女は選ばれるふりして選んでる、と瞳がいってたのを思いだした。由美も、ある意味でそうなのかもしれない。自ら望んでいるかのように幸福の対岸へと突き進んでいる。頭の善《よ》し悪《あ》しの問題じゃない。うちのママはあんまり頭がよくないけど、本能的に幸せになるこつを知ってて、そちらへそちらへと向かおうとする。たいがいの女はそうだ。どちらにせよ、無我夢中なんじゃない。ちゃんと自分で方向を選んでる。

「指名してきた客は、断ったことないの。プロだから」

そういって、由美はおやじの隣に腰を降ろした。もたれ掛かる。

「じゃあ、おやじの指名でも断るなよ」

「だからジュンは客じゃないって」

ねえ、と彼女はおやじの顔を覗きこんで相槌《あいづち》を求めた。おやじは応《こた》えず、ただ泣いてるような笑っているような変な顔をしている。

「ジュン、そうだよね」

彼女はおやじの肩をつかんで、揺さぶった。おやじが口を開いた。

「今日だけ、今日だけリエがいってるようにしないか？」

「そうしろよ」

あたしも口を出した。

「うるさい」

由美が叫んだ。はっと眼《め》を見開いて、時間が一瞬止まった。あたしたちは呼吸を止めた。時間の動きを回復させたのは、彼女の目からこぼれ落ちた大粒の涙だった。彼女はめちゃくちゃにおやじの背中を殴りだした。泣きながら殴っていた。呼吸がおかしくなってる。あたしは台所からビニール袋を取って戻った。おやじは身体《からだ》の向きを変えて彼女を抱きしめていた。アルバムの中の、おやじの膝《ひざ》の中にすっぽり納まっている小さな自分を思いだした。おやじはビニール袋を受けとりながら、すこし恥ずかしそうにうなずいた。あたしは自分の鞄をつかんで、ふたりを残して部屋を出た。風がとても冷たくて、くしゃみがひとつ出た。

「くっそう」

とひとり悪態をついた。くっそう、おやじめ。くっそう、今日も泊まりかよ。くっそう、小遣いゆすってやる。なんか買わせてやる。くっそう、くっそう、くっそう、沖縄へ、宮古島へ早く行きたい。

5

由美ちゃん、最近楽しそうね、とその朝、あたしのカップに二杯めの紅茶を注ぎながらママがいった。

え、と訊《き》き返すと、ママはセミロングの内巻きヘアを傾けて、

「ママになにか隠しごとしてない？」

とほほえんだ。してない？　もなにも、酒に、煙草《たばこ》に、セックスに、クラブＤＪから分けてもらって試したスピードに、おやじとの放送禁止確実の会話に、それから由美にとあまりにありすぎて、どこから泥を吐いたものか、その順位づけにも苦しむ。

「あ、いわなくていいのよ」

ママは幸せそうに頰杖《ほおづえ》をついた。どっちなんだ。そのうち、ふふふふ、と声をたてて笑いはじめた。彼女はあたしになにか訊きたいんじゃなくて、インタビューされたがっているのだと気づいた。

「あ、なんでばれちゃったんだろう」

「なんでだと思う？」

「わかんない」

「きのう旅行会社から確認の電話があったの」

「旅行会社」

「航空券。沖縄宮古島、三名様」

なんとなく、なんとなくだけど、事情がつかめてきた。

「わたしを驚かせようとして。えっと思って、由美ちゃんの部屋を覗《のぞ》いてみたの。見つけたわよ」

なにを？　酒？　煙草？　秘蔵のマリファナ？　するとママはさんざん間をもたせたあと、そのまるっこい唇をこう動かした。ガイドブック。

「大丈夫、パパの前ではちゃんと驚いてあげるから」

そそくさと家を出て、駅前からおやじの携帯に電話した。はい、と寝起きの声で出てきた。

「あたし。娘のリエ」

「いやあ、そんな娘をつくった覚えは」

「ふざけてる場合じゃないんだ。いまどこ？　沖縄宮古島、三名様ってなんだ？」

「なんで知ってる」

「ママから聞いた」

沈黙。

「どういうことなんだ」

「三人で行こうと思って」

「おやじと、あたしと、三人めは」

「そりゃあ、もちろん」

とそこでおやじはまた黙りこんでしまい、代わりに小さく、すこし調子の外れた〝恋の季節〟が聞こえてきた。

「まだ、由美んとこ?」

「ああ」

「ママは三人めは自分と信じてる」

「じゃあ助かった。それもいいかな」

「畜生、冗談じゃない。由美もいなきゃ意味がないんだ。由美もいっしょでなきゃ」

喋《しゃべ》っているうちにあたしは軽いパニックに襲われた。宮古島。あたしと由美の永遠の楽園。なんで三名様なんだ、だれがおやじについてきてくれと頼んだ、だれが航空券を買ってくれといった、などと身勝手なことをいっておやじを詰《なじ》った。

「それがいちばん楽しいと思ったんだよ」

とおやじは誠実に返答した。声の感じが変わっている。由美に聞かれないよう外に出たようだ。

「由美にそれとなく旅行のことを訊いてみたら、具体的な日程にまではとても気がまわってないようだった。おまえの旅費も負担するつもりだから大変だともいっていた。だからといっておれが金を渡せば、きっと悲しい顔をする。でもおれの旅行にふたりをつきあわせるというのならば、ありじゃないかと思ったんだ。三人ともいい気分で宮古島に行けると思ったんだよ。ママにはおれからうまくいって、夫婦だけの旅行にして、目的地も変えよう。リエは由美とふたりで宮古島に行くといい。金を渡すから、リエが由美の旅費を奢《おご》るといい」

おやじはため息をついて、

「おれもママも、宮古島へは行かないから」

と念押しした。

恵里奈の彼氏はバンドマンだ。歌をうたっている。メジャーとの契約はないながら、インディーズのなかでは注目株で、一部でカルト的な人気を博しているのだそうだが、本職はレンタルヴィデオ屋の店員だ。新宿でのそのライヴに、あたしたちはずっとまえから誘われていた。あたしたちというのは、瞳、美砂、朋子、それからあたしだ。新宿コマ近くの小さなハコだった。あたしたちは入場料と飲みもの代を払って、紙コップに入ったビールを飲みながら彼のバンドの演奏を聴いた。一部に根強い人気があるというのはまったくの嘘《うそ》ではなく、前のほうで踊っている女の子がふたりいた。ギタリストがわりあい可愛《かわい》い顔をしていて、彼が右を向けばふたりの身体《からだ》も右に、左を向けば左に揺れるのだった。演奏は死ぬほど下手くそで、恵里奈の手前、脚くらいはリズムに合わせて動かしてようと思うのだけど、曲が進めば進むほど、自分が物凄《ものすご》く複雑なリズムのとり方をしているような気がした。恵里奈の彼氏の歌声は、発声と同時に肛門《こうもん》からも同量の空気を漏らしているみたいに芯《しん》も張りもなく、腹の突き出た中年男がべつの中年男に強姦《ごうかん》されるときってこんな喘《あえ》ぎ声を出すのかもしれない、とあたしは思った。面白いを通り越して気持ちがわるかった。ほかのみんなもそういう表情をしていた。とりわけ恵里奈がいちばん驚いて、気持ちわるがっているように見えた。

「奢るよ」

と彼女は外に出るなりみんなにいった。そういってくれてホッとした。もし彼女が意地を張って、きょうは調子がわるかったみたい、とでもいおうものなら、確実に友情に亀裂《きれつ》が入ると思っていたから。

「なんにする」

「どうしようか」

「マックでいいよ」

あたしがいった。こういうときの決断はあたしの役目であることが多い。

でもさあ、恵里奈の彼って……と瞳がハンバーガーの包み紙を丸めながら、無神経にその話題を蒸し返した。みんな必死でほかの話題を探して話してきたというのに。四人掛けのボックス席だ。朋子だけが隣のテーブルにいる。ひとりで窓の外を眺めている。彼女はよくそうやってひとりでいる。

「もういいじゃん。ああ」

恵里奈はトレイに顔を伏せた。

「あたしだって、あんなに酷《ひど》いとは思ってなかったんだから」

「聴いたことなかったの？」

「リハーサルに行ったことはある。でも音が大きくてなんだかわからなかった」

「下手の横好きにしても程があるよね。やっててわかんないのかな」

恵里奈は唇を尖《とが》らせて、ポテトを一本、瞳のトレイに放った。バウンドしてあたしのトレイに滑りこんだ。

「やめなよ。だけど恵里奈、あの男のどこがいいわけ？」

どちらかといえば恵里奈を庇《かば》うようなつもりでいったのに、結果的にいちばんきつい言葉になってしまった。つい本音が顔を出してしまったのだ。恵里奈は髪を脱色していない。眉《まゆ》もはっきりした感じには整えない。きれい、ではなく、可愛い、といわれるよう努力している。男子に明るく騒がれるのが生き甲斐《がい》だと自分でもいってた。あの肋骨《ろっこつ》の浮いた金髪のさんまの開きみたいな男は、どう考えても似つかわしくない。視線が恵里奈に集まった。彼女はストローをくわえ、あたしたちを上目づかいに見ながら、セックス、といった。みんな吹きだした。

「嘘お。めちゃくちゃ弱そうじゃん」

瞳がどかどかとテーブルを叩《たた》く。

「違うの。そういうんじゃないの。SMってしたことある？」

みんな一瞬息を止め、それから狭いテーブルに身を乗り出した。

「そんなことしてんの？　学校でアイドルやってるあんたが？」

瞳が彼女の頬をつねった。繊細に整えられた髪をみんなでぐしゃぐしゃにして笑った。

恵里奈も泣き笑いの顔をしている。

「で、恵里奈はM、S、どっちなわけ？」

美砂が髪を手櫛《てぐし》で直してやりながら訊《たず》ねる。

S、と恵里奈は答えた。

「だって、怪我《けが》するのやだから」

「ハードなんだ」

「親から貰《もら》った大切な身体だし」

ばっかじゃないの、と口々にいいながら椅子《いす》に戻った。

「でもそういうほうがさ、安心して楽しめていいのかもね」

美砂が煙草に火をつける。

「わたし、外専じゃん。ひたすら入れるだけだから、毎月心配なのよ」

またその話題か。あたしはポーチを開けて、なかから透明のマニキュアを出した。塗りながら耳だけそばだてていることにした。

「コンドームつけてても、生理くると安心しない？　保健でいってたじゃん。九十パーセントの安全性って。じゃあ確率的にいったら、十回やると一回妊娠するってことだよね」

「最初からつけとけば絶対平気よ」

瞳が、美砂の残したナゲットに手を伸ばしながら確信ありげにいう。

「瞳だって毎月心配してるくせに」

「だからそれは、まあそうだけど」

「由美んとこ、どうしてんの」

驚いて顔を上げた。左の爪《つめ》に息を吹きかけてから、

「万全の態勢でやってるよ」

本当だ。ゴムのいらないあたしたちが、いちばん用心してると思う。貴史は几帳面《きちようめん》だ。

必ず最初からコンドームをはめて入れる。ラブホテルに連れていってもらったときなど、危ないかも、と彼は備え付けの物を使おうとしなかった。あたしたちのセックスはいつも、貴史が後ろを向いてかさこそと作業するところから始まる。その姿は滑稽《こっけい》で、悲しい。一度、安全日だから、と覚えたての言葉をいってみたのだが、それでも彼はコンドームを使った。マニキュアの刷毛《はけ》を左手に持ち換えた。右の爪は未《いま》だきれいに塗れたことがない。

「それより美砂、二股《ふたまた》してたのどうした？」

話題を逸《そ》らした。

「けっきょくブラックにチェンジ」

もうやっちゃったの、と瞳。もちろん、と美砂。いいなあ、と瞳はため息をついた。

「あたしってけっきょく、ガキのセックスしか知らないんだな。由美んとこもおとなだし。ああ、若いうちにたくさん思い出つくんないと」

「ちゃんと避妊してね」

「ね、隣のクラスの富田っているじゃない」

恵里奈のピンクのリップクリームが光った。

「しばらく休んでた子。ずっと売ってて、孕《はら》んじゃって堕《お》ろしてたんだって。あ、これ絶対秘密」

恵里奈の母親はPTAの副会長だ。

「テレクラ売春。ウリで妊娠なんて最悪じゃない？」

「へえ、見えないけどね。やっぱりそういうのって揉《も》み消すんだ。だけどいい迷惑」

美砂は唇を突き出して煙草《たばこ》の煙を細く吐いた。かっこよく見えると思ってるんだろうが、みんなは陰でヒヨコの顔だっていってる。

「あたしたちけっこう目立ってるし、ぜったい監視、きつくなると思う」

「ほんとはあたしたちが、いちばんウリとかから遠いところにいるのにね。性欲満たされてるもん。このまま付属の大学行って、ＯＬやって、お嫁にいって、それがいちばん楽だって、あたしたちはよくわかってる」

瞳の言葉にみんながうなずいた。

「そういうので、いいのかな」

とそのとき、蚊帳《かや》の外にいた朋子が初めて話に加わった。みんなは、なにいってんの、あんたなんか見合いで結婚するくせにとか、子供いっぱい生みそうだしとか、お母さんって感じとかいって取り合わなかったけど、あたしの耳朶《じだ》には朋子の声が残った。

（そういうので、いいのかな）

鏡を出して自分の顔を眺めた。みんなの顔と比べた。髪が真っ赤なこと以外、大きな違いはないように思えた。右の小指のマニキュアは、やっぱり不格好にはみ出していた。

店を出て腕時計を見るともう九時だった。新宿の夜の明るさは時間感覚を狂わせる。駅までの近道にみんなで路地を歩いているとき、いちばん後ろにいた恵里奈が、きゃあ、ととつぜん悲鳴をあげた。振り返ると、焼酎《しょうちゅう》の瓶をぶら下げた汚い身なりの男が、彼女の手首をつかんでいた。男は欠けた歯をむき出して、

「いくらなんだ」

「警察よぶよ」

美砂が大声をだすと、男は手を離した。雌の匂《にお》いがどうのとぶつぶつぶやきながら、さらに細い路地へと姿を消した。

「なんなのよ、あれ」

「気持ち悪い」

「この場所、腐ってるよ」

口々にいいあいながら足早に路地を抜けた。あたしも悪口を吐いたが、おやじの店はたしかこの辺にもひとつあるのだ。ああいう人間から搾《しぼ》り取った金であたしたちは生活してるのかも、とも思った。歩きながら煙草に火をつけた。ふと往来に目をやって、あ、と煙草を落とした。由美がいたのだ。トレンチコートの裾《すそ》から、赤いサテンのドレスが

覗《のぞ》いていた。黒いピンヒール。

「由美」

と思わず声をあげた。大声ではなかったが、彼女はあたしに気づいた。照れくさそうに赤い舌をだして笑った。彼女もまたさっきの男のように路地の暗がりへと消えていった。赤い舌の残像だけが、雑踏のなかにいつまでも浮かんでいるように思えた。


ドアは開いてたのに、家のなかは真っ暗だった。

「ママ？」

まさかもう寝ちゃったんだろうか、などと思いつつリビングのあかりをつけた。途端、ぎゃっ、と叫んだ。ソファにおやじがいた。おやじというだけならそんなには驚かないが、目を開けたままぐったりと身体を沈めていたので、まるで死体のように見えたのだ。

「驚かすなってもう。ママは？」

「実家に帰った」

丹念にちぎられた紙片が、テーブルの上に小山をつくってるのに気づいた。何枚かを手に取って見てみると、旅行会社の封筒と航空券だった。一枚に、マガサユという文字が発見できた。アマガサユミのなかの四文字だ。そうか、航空券には名前。

ママがとった確認の電話というのは、たぶん、チケットの送付先の確認だったのだ。

「どうすんだ」

「どうしよう」

「離婚かな。でもいままでとそんなに変わんないじゃん。由美んとこ行けよ。由美だったらあたしもいいよ」

「それもできまい。さっきまで由美もここにいたんだ。ママに呼び出されて。旅行の相談をしようと帰ってきたのが運の尽きだった。風呂《ふろ》に入ってるあいだに手帳を見られた」

「それで、由美は」

「ママに何度もぶたれて、泣きながら出ていった。そのあとがママ」

「なんで追わないんだ。せめてどっちか」

「できなかった、どちらかだけ追うなんておれには。そして両方を失った。もうおまえしかいない」

勝手に感きわまってあたしに抱きつこうとしたので、鳩尾《みぞおち》に蹴《け》りを入れた。痛いんだか悲しいんだかで泣き崩れてるおやじを後目《しりめ》に外に飛び出し、坂道を駆け下りてタクシーを拾った。あのママが、泣き寝入りならともかく、由美を呼びつけて殴ったというのが、ちょっと信じられない。おやじと由美の手の込んだ冗談だと信じたい。

狂ったようなチャイムの連打に応じてゆっくりとドアを開けた由美の右頬は、赤く腫《は》れあがっていた。あたしは肩を落とした。ママは左利《き》きなのだ。由美はつっかけも履かず、とろんとした目であたしを見ていた。息が完全に酒の匂いだった。指からは血の滴《しずく》が垂れている。あたしはなかに入ると、キッチンで塩水をつくってテーブルに置いた。彼女もドアのところから戻ってきて、床に座りこみ、長いあいだグラスの水滴を見つめていたが、そのうちにしゃくりあげながら言葉を発しはじめた。グラスについた指紋は、小さな赤い花びらのようだ。

売女《ばいた》っていわれた。お金で買われている女なのよ、立場がわかってないんじゃないのって。

「そんな（大衆演劇のような）こと、ママが」

わたし、ジュンとは違うんです。本気なんですって答えた。そしたら、汚い女のくせにって殴られたの。

「痛かった？　ごめんな」

ううん、顔はいいの。こんなのは痛くない。

お風呂に入ってたジュンがタオル一枚で出てきて、わたしを見て目をまるくして、でもあなたのママが泣きだしたら、ごめんよ、ごめんなって一所懸命頭を下げてた。どうして謝るのかしら。わたしたち、悪いことしてたの？　最初はわたし、あなたがいるからジュンは身動きがとれないんだと思ってた。でも違ってた。あなたのママが泣きだしたとき、ジュンもとても悲しそうだったの。わたしにはあんな顔してくれない。だれもしてくれない。汚い女だからかな。

由美は泣きながらほほえんだ。歪《ゆが》んだ笑顔を見てると、もういいよ、といってやりたくなった。花でなくても、炎でなくても、もういいよ由美。なのにけっきょく言葉として発せなかったのは、頬を腫らして顔を歪めているそのときの彼女があたしにはどうしても美しく見えてしまい、彼女が彼女でいる時間をすこしでも引き延ばしたかったからだと思う。あたしは彼女の傷ついた手に、掌《てのひら》を重ねた。崩れた頭を撫《な》でた。

「きょう、新宿で会ったね」

由美がいった。あたしはうなずいた。

「ドレスかっこよかった。赤が似合う」

「ホテルに移動してたの。仕事のこと、わたし隠してた」

「隠してないさ。きっと、優雅な仕事ってあるんだよ」

「恥ずかしい仕事。まわりのみんなも恥じるの」

彼女は俯《うつむ》いた。彼女の手を取り、薬指を口に含んだ。固まりかけた血の味がする。彼女はあたしに体重を預けた。

「花火、またやりたい」

「やりたいね」

彼女の頰に口づけた。彼女は唇を返してきた。貴史とのそれとはまったく違う、柔らかくて不安定なキスだった。彼女はすこしだけ唇を離して、

「ジュンね、最初にわたしの本名を訊《き》いたの。短い時間だけど、そっちで呼びたい、いいかなって。わたしはびっくりした」

「そう」

「仕事のときは仕事の名前にしてほしいんですけどといったら、じゃあ仕事じゃないことにしよう、きみに一目《ひとめ》惚《ぼ》れしてしまった、いまからお茶でも飲みにいきませんかって。素敵でしょう」

あたしは由美の口を見つめている。精気を失いかけた半開きの唇のあいだに、夢中であの赤い舌を探している。

「わたし、汚いのに」

違う、この舌じゃない。あたしは由美の身体《からだ》をまさぐった。いったいどこに。スカートに手を入れると由美はびくりとして脚を閉じた。構わず下着に手をかけた。なにするの、と由美は息を荒らげ、やがて発作に襲われた。あたしは唇を塞《ふさ》いだ。手足をばたつかせる。下着の紐《ひも》がほどけた。一瞬目に映った由美の性器は植物園の蘭《らん》の花にそっくりだった。楽園の花。由美はあたしの髪をつかんで滅茶苦茶にした。髪の毛を毟《むし》り取られた。激痛が走った。あたしの赤い髪が由美の指に絡《から》んでいる。由美、由美、とあたしは

夢中で名前を呼んだ。由美は全身痙攣《けいれん》を起こしている。手を握って指の節を噛《か》んでいる。あたしは陰毛を掻《か》き分けた。どこが違うの、教えてよ、どこが違うの、と訳もわからず口走っていた。由美の唇から漏れるひゅうひゅうという風のような音に、せつなげな喘《あえ》ぎが混じりはじめた。彼女自身の指も陰毛を分け、性器に達した。瘡蓋《かさぶた》だらけの由美の指。金をつかみ、食べものを口に運び、煙草に火をつけ、愛する人に触れ、テレビのチャンネルを変える。そのどのときも、ただひたすら女として、しなやかに動くのだ。由美の性器に舌で触れた。どこをどうすればいいのかは由美の指先が教えてくれた。唇をつけて温かな液体を啜《すす》った。


翌朝目覚めると、ベッドの傍らに由美はいなかった。焦《こ》げくさい匂いがした。おはよう、といって由美がキッチンから振り返った。

「朝ご飯つくったよ。わたしの手料理初めてよね」

あたしはうなずいた。ゆうべの出来事は夢だったんだろうか。ほほえんでる由美の瞼《まぶた》は赤く腫れあがっているけれど。

「卵焼き、ちょっと焦がしちゃった」

といって由美は照れた。ちょっとではなく真っ黒だった。口に入れるとシャリシャリいった。食事の半ばで彼女がふと、考えてたんだけどね、とつぶやく。

「わたし、島に帰ろうと思って」

シャリシャリシャリ、とあたしは卵焼きを噛む。

「もう会えない」

シャリ。

「会わない。もしリエが島に来てもね」

「なんで」

「もう違う人間になりたいの。だからリエとも会わない」

「いいけどさ」

出し汁を入れ忘れた味気ない味噌《みそ》汁《しる》。あたしのお椀《わん》に涙の波紋ができた。由美も泣いてくれないだろうかと期待して、彼女の顔を見つめていた。だけど彼女は泣かなかった。きっと一生ぶん泣いてしまったんだろう。

「リエって名前やめな。由美に戻しなね」

スニーカーの紐を結んでいるとき、由美が背中越しにいった。

「やだ。気に入ってる」

思いのほか大きな声になった。彼女の指が肩に触れた。

「嘘《うそ》なのよ」

「なにが」

「わたしの知ってるリエって、だらしなくて、すれてて、どうしようもない女なの、ほんとは」

　驚かなかった。もうあたしは、どんな嘘にも驚かないし、騙《だま》されもしないだろう。

「それから、ご飯のときもう会わないなんていっちゃったけど、あれも冗談だから。そのうち、彼氏と島に遊びにきてよ。わたしもそれまでに新しい恋を見つける。ダブルデートしようね」

　また嘘。あたしは立ち上がり、振り返って、うなずいた。

「わかった。じゃあそのときまで」

「そのときまで」

　由美の部屋を出た。桜の枝を揺らして、階段を下りた。通りでタクシーをつかまえ、貴史のマンションに行った。合い鍵《かぎ》でドアを開けて入ると、貴史はまだベッドのなかで気持ちよさそうに寝息をたてていた。あたしは荷物を置き、制服を脱いだ。丸裸で彼の布団《ふとん》に滑りこむ。彼は目を覚ました。あたしの顔を見て、あ、と声をたてた。

「由美」

　あたしは黙ったままで、彼のパジャマに手を伸ばしてボタンを外していった。

「どうしたんだよ」

貴史の胸。小さな乳首に触れると、それはたちまち硬く尖《とが》った。顔を寄せ、口に含んでみた。

「なんだ。泣いてるのか？」

下着のなかに指を滑らせた。もう大きくなりかけていた。布団のなかに潜って、ズボンと下着を引き下ろして、舐《な》めてみた。口に含み、根本まで飲んでみた。由美のより塩辛い味がした。でも、あたしは、この味が嫌いじゃないのかもしれない。由美、由美、と貴史はあたしに呼びかけた。足の爪先《つまさき》に何かが触れた。貴史を含んだまま手でつまんでみると、それはイヤリングの形をしていた。また放り捨てた。こういうこともあるんだろうな、と他人事のように思った。あたしのこと好き？　とくぐもった声で訊《たず》ねたら、貴史は、愛してる、愛してる、と答えた。友達の話どおりに頭を前後に動かした。脳裡《のうり》に付着して離れなかったいろいろなことが、そうしているとどんどん擦《こす》り取られていくような気がした。由美、由美、由美、と激しい吐息の下で貴史が連呼する。それはあたしの名前だった。そうか、由美に戻ったんだ。

6

おやじがママを静岡の実家に迎えにいって、一週間が経《た》った。ゆうべの電話では、もうじきママの機嫌も直るだろう、帰れそうだ、といっていたけど、口調はまだまだ重かった。ひとり暮らしはいつまで続くやら。当然のように学校にはぜんぜん行ってない。あさっては終業式だけど、両親が帰ってきてないかぎり行かない。休みはじめは、瞳や恵里奈が心配して電話をくれてたけど、素気《そっけ》ない受け答えをしていたらかかってこなくなった。構わない。男の子とお洒落《しゃれ》とダイエットにしか興味のない彼女たちに、いまはちっとも魅力を感じない。

ひとりの時間は快適だ。昼間もパジャマのままでいいし、隠れず煙草《たばこ》も吸えるし、食事の代わりにお菓子を食べてたって文句をいわれないし、ママが敵視する着色料入り炭酸飲料も好きなだけ飲める。ただし、夜が不必要に長い。きょうは基本的に布団のなかにいた。大好きなオアシスをフルボリュームで聴き、スナック菓子をつまみながら漫画を読んだりして一日の三分の一を、リビングに下りてテレビをつけ、ただ漫然と画面を眺めて残りを過ごした。さっきから何度も貴史に電話をいれてるけれど、まだ残業のようだ。待ちきれなくなって携帯にかけてみた。

「はい。もしもし」

「あたし」

「由美？」

「うん」

「どうしたの？」

「会いたい」

「ちょっと遅くなるよ」

「どうしても会いたい」

「明日必ず電話する。ごめん」

「あ」

一方的にきられた。あたしは顔を洗い、洋服に着替えた。貴史の帰宅を、彼のマンションで待つことにしようと思ったのだ。駄目だといわれると、どうしても会いたくなる。タクシーを近くのコンビニで停めた。塩味、コンソメ味、ビーフ味のポテトチップスが並んだ前でどれにしようか迷っていると、ふと棚の隅のカレールウの箱が目についた。カレーならつくれる。家庭科で習った。あたしはお菓子の袋を棚に戻し、代わりにカレーの箱と、それから野菜の棚から人参《にんじん》と玉葱《たまねぎ》をカゴに入れた。肉が置いてなかったのでツナカレーにすることにして、ツナの缶詰も買った。

合い鍵でドアを開けてなかに入った。手探りで照明のスイッチを探し、台所の床に袋を置く。流しの下の抽斗《ひきだし》を開けると、スプーンやフォークがきちんと区分けして入ってて、ぴかぴかに磨かれた包丁もなかにあった。まな板の上で人参の尻尾《しっぽ》を落とすと三角コーナーに命中した。まるであたしが訪れて人参を切ることを見越してたかのように、コーナーには細かい穴の空いた専用のビニールがかけてある。刻んだ野菜を炒《いた》め、水を入れ、カレー粉を溶く。適当に戸棚を開けていて、コーンの缶詰を見つけた。ツナと一緒に鍋《なべ》に入れた。コーンの入ったカレー、あたしは大好きだ。貴史はどうなんだろう。いい匂《にお》いがする。

ガス焜炉《こんろ》を弱火にして居間に行った。コートを脱ぎたかったけれど、ストーブのつけ方がわからなかった。炬燵《こたつ》のスイッチを入れて、コートを着たままでなかに入った。卓上にきれいに洗った灰皿がある。煙草を吸わない貴史が、あたしのために用意してくれたものだ。ピンクのアヒルの形をしている。尻尾を撫《な》でた。ポケットから煙草を出して火をつけた。壁の時計が八時半を示している。そろそろ貴史、帰ってくるかも。お風呂《ふろ》も入れておいたら誉《ほ》められるかもと思った。アヒルの背中に煙草の火をなすりつけた。

湯船は洗う必要がなかった。なんて几帳面《きちようめん》な男だろう。あたしとでちょうどバランスがいいのかも。いずれいっしょに暮らしはじめたりするんだろうか。なんだか想像できない。コートを脱ぎ、腕を捲《まく》った。湯船に栓をして湯と水の混ぜ具合を調節する。あれ、なんか音が鳴ってる。浴室のドアを開けると、それが電話の呼びだし音だとわかった。居間に走った。受話器を取ろうとした瞬間、ピーという音がして留守番録音が始まってしまった。

「もしもし、斉藤です。今晩はありがとう。とても楽しかった」

女の声だった。脱衣カゴの上に掛けてあったコートを着て、玄関の外に出た。背後で大きな音をたててドアが閉まった。エレベーターがいつもより早く降下していく感じがした。通りでタクシーを拾って、田園調布、といった。タクシーのなかで、ガスや炬燵をつけっぱなしにしてきたことや、お風呂の湯も出しっぱなしのことや、鍵を閉めるの忘れたことにも気がついたけれど、マンションに戻る気にはなれなかった。だらしないって叱《しか》られるだろうか。でもあたしは知ってる。貴史はけっして、あたしに本気で怒らない。


ぐう、とおなかが大きな音を立てた。家には帰りたくない。貴史がいってたカレーの店、どこにあるんだろう。やっぱり表参道に行って、と運転手に訂正した。


表参道の交差点で降りた。原宿に向かって、路地ごとに覗《のぞ》きこみながら並木通りを歩いた。それらしき看板は見つからない。道路の脇《わき》に停まったメルセデスから、髪の長い女の子が降りてくるのが見えた。女の子は歩道にまわると、運転席の窓をこんこんと叩《たた》いた。窓が開いた。運転手と首を伸ばしてキスをした。じゃあ、またね、といってこちらを向いた。隣のクラスの富田だった。目があった。

「あれ？　雨笠さん……だっけ」

「そうだよ」

「なにしてるの」

「あんたこそ」

彼女は意味ありげに笑った。

「わたしが雨笠さんとお話ししてみたいとずっと思ってたって、知らないでしょう」

知らない。あたしは彼女と話したいと思ったことはない。学校での彼女は、髪をおさげにして、膝丈《ひざたけ》のスカートを穿《は》いて、分厚い鞄《かばん》を持っていて、あたしと仲良くなれそうな要素はひとつも見あたらない。

「なんで？」

「中等部の学園祭のとき、廊下にはってあるわたしの絵、誉めてくれたから」

そんなこともあったような気がするが、よく憶《おぼ》えてない。あたしが困った顔をしてると、

「画家になれば、っていってくれたじゃない」

「そうだっけ」

うん、と彼女はうなずいた。

「そんなこと言われたのはじめて。成績がいいから、大学のこととかはよく言われるけど」

彼女が赤いコートを着ているのが気になっていた。由美の色だ。

「でも、もう仲良くなっても遅いね。わたし来学期から転校しちゃうから」

彼女のおなかに目をやった。平らだった。彼女は視線に気がついたらしく、

「知ってるんだ？」

「なにを」

「いいよ、ごまかさなくても」

彼女はまつ毛をふせてほほえんだ。その表情がまた由美と重なった。由美もこんなふうに笑う。彼女の指が見たかったが、ポケットの中に入れられていて見ることができなかった。

「なあ、腹へってないか」

彼女は首をかしげた。

「いまからカレー食べにいくんだけど」

あたしが歩きだすと、数歩遅れて彼女がついてくるのがわかった。でもなにを話せばいいのか見当がつかなかった。おたがいに無言で、目指すカレー屋も見つからないまま、とうとう原宿駅についてしまった。富田を連れて、これからどこに行こう。

「ちょっと待ってて」

と彼女にいって電話ボックスを指さすと、彼女はコートのポケットから携帯電話を出して、あたしの手に握らせた。気をつけていなかったので指は見えなかった。携帯は由

美の持ってたのと同じ機種だった。仕事に使っているのかなと思ったけど、それを訊《たず》ねるのはためらわれた。彼女の顔を見ながら貴史の家に電話した。留守番電話が応答した。通話を切った。電話がちゃんと機能してるってことは、火事にはなってないんだろう。

「どうしたの」

「おいしいカレーの店、わかんないから訊《き》こうとしたんだけど、いないや」

「彼氏？」

あたしは曖昧《あいまい》な笑みをつくり、

「どうする？」

とべつの質問を投げた。彼女は肘《ひじ》であたしのコートをつついた。

「わたし、知ってる。おいしいカレーの店。すぐ近く」

あたしの反応を待ってる。彼女も家に帰りたくないのかもしれない。

「富田さ」

「なあに」

「なんでもない。歩いて？」

彼女はポケットから手をだして、地下鉄の入口のほうを指さした。爪《つめ》にピンクのマニキュアを塗った、きれいな指。すこしだけがっかりした。

地下鉄のなかはがらがらだった。あたしが隅の席に腰をおろすと、富田はその前の吊《つり》革《かわ》につかまった。顔のまん前におなかがある。どうしても見てしまう。

「座れば」

彼女は笑って首を振った。

ふたつめの乃木坂《のぎざか》で電車を降りた。店は防衛庁の近くだった。地下への階段を降りていくと、硝子《ガラス》のドアに金文字で〝GANGA・PALACE〟とあった。いろんな種類のカードのシールが貼《は》ってある。高そうな店だ。あたしは頭のなかで、財布に入った札の枚数を数えていた。明日のことは銀行にいけばなんとかなる。でも今夜、二万で足りるかな。そんなあたしの懸念《けねん》に気づいてか、彼女はドアを押し開けながら、

「ちょっと大金入ったから」

茶褐色の肌の黒服を着たボーイが寄ってきて、コートを脱がせてくれた。薄暗いフロアはさらに短い階段の下で、手すりから下方を覗きこむと、いくつもの円テーブルの上で蠟燭《ろうそく》の炎が躍っていた。階段の真下は小さな池になっている。フロアの奥の席に案内された。テーブルの下は硝子張りで、その向こうにも水が流れてるようだった。席についてて酒のメニューを眺めていると、

「ここ、フローズンダイキリが美味《おい》しいの。フレッシュストロベリー使ってんのよ」

と彼女が得意げにいった。あたしはうなずいた。

「じゃあそうする」

彼女はてきぱきと料理を選んでは、それをボーイに伝えた。メニューの端をつかんでいるその指を、あたしはまじまじと見つめた。瘡蓋《かさぶた》も、小さな傷さえない美しい指だ。それでも彼女はあたしに由美を思いださせる。由美と初めてデートしたのは〝キャンティ〟だっけ。

「友達がいてさ、年上の」

思わずそんな言葉が口をついてでた。

「うん」

「すげえ、いい女で、名前があたしと同じ由美で」

「友達なんだ」

「というか」

あたしは訂正の言葉を探した。富田に確認された瞬間、脳裡《のうり》に瞳や恵里奈たちの顔が浮かんだからだ。

「親友」

とあたしはいった。ほかに特別な言葉が見つからなかった。

「その人が？」

「べつに。富田見てたら、ちょっと思いだした」

「似てる？」

「似てないけど。ちょっと似てる」

ピンク色のダイキリがやってきた。グラスの上に蘭《らん》の花が飾られてる。富田はそれをつまんで脇に除いた。ダイキリと同じ色のマニキュア。蠟燭のあかりに照らされた富田は、学校で見かける彼女よりだいぶおとなびて見える。ぼってりと重たげに思えていた一重瞼《ひとえまぶた》が、アイラインでこうも女っぽくなるのかと感心した。黒いタートルの胸に小さなペンダントが揺れている。

「きれいだったんだな、意外と」

「やだ、なにいってんのよ。それより」

彼女は薄い唇を尖《とが》らせてストローをくわえた。鼻に皺《しわ》をよせて唇を離して、

「がっかりかも」

「なにが」

「親友なんて恥ずかしいこといっちゃうんだもん」

「恥ずかしいかな」

「だってわざとらしい」

「わるかったよ」

タンドリーチキンと三角形のサモサが運ばれてきた。富田が自分とあたしの皿に取り分けた。

「女ってあそこもえぐれているけど、心もえぐれてんのよ」

あたしはタンドリーチキンにかじりついた。この鶏《とり》は雄だろうか雌だろうか。

「おいしい？」

うん、とあたしがうなずくと、彼女は自分の皿もあたしの前に突きだした。カレーとナンの皿もやってきた。ふたりのあいだに重苦しい空気が漂いはじめている。しばらくは食べることに集中することにした。彼女は頬杖《ほおづえ》をついてあたしを見つめている。居心地がわるかった。

「食べないのか」

「食べるわ」

彼女はナンの端っこをほんのすこしちぎって、口のなかに放った。

「堕《お》ろしてから食欲ないの」

サモサの具の芋が喉《のど》のなかで暴れた。富田が差しだしたグラスの水を飲んだ。

「……わるい。唐突だったから」

「いいよ、べつに」

「あのね」

視線がふっと池のほうに動いた。

「担任。生物の松田。あいつの子だったんだ」

あたしはとても驚いた。生物の松田は、いつもだぶだぶの白衣を着て、度の強そうな野暮ったいデザインの眼鏡をかけ、小声でぼそぼそと授業を進めていく。若くて見るからにひ弱そうな彼は、生徒という生徒からあからさまになめられてる。ナンを飲みこんだら、喉を通るときに、ごごっと音がした。嚙《か》むのを忘れていた。

「みんなにいっていいよ、ほんとうのこと。ていっても、雨笠さんはそういうの興味なさそうだけど」

「なんであんな噂《うわさ》になるんだ」

「どんな」

「ウリしてたって」

「ああ。わたし、嘘《うそ》ついたから。妊娠してるのが学校にばれたとき、あいつ、親や学年主任の野島といっしょになって、だれの子だって騒いでた」

「いってやりゃよかったじゃん」

「そのときは、好きだったから。ついね」

「ばかだよ」

あたしは彼女の横顔に向かっていった。やがてくるりとこちらを向きなおした顔に、表情らしい表情は見あたらなかった。

「そうかもね。でも、いまは違うの。嘘を本当にしちゃったから」

「ウリ、やってんの」

「うん」

「なんでさ。なんで」

「なんでかなあ」

彼女は今日の昼食べたメニューでも思いだしてるみたいに、軽く首をかしげた。あたしはナンをちぎって、またカレーの皿をかきまわした。

「でも仕返しはする。絶対」

「富田、いま生理？」

「違うけど。なぜ」

「いや、そうかなって」

「やっぱ、雨笠さんて面白いわ」

彼女は笑いだした。その無防備な笑顔に、ちょっとほっとした。

「ね、もうすこしだけ相談にのってよ。ほかに話せる人いないし」

「いいけど」

「見せたいものがあるの」

「いまここで？　どこで」

「わたしの家」

「時間、遅いよ」

「お願い」

両手を合わせる。スウォッチを見た。貴史、もう帰ってるかも。

ちょっと、といって席を立った。背中に彼女の視線を感じながら、階段をのぼって公衆電話の前にいった。

「はい、谷村です」

よかった。貴史、帰ってた。

「由美」

「どうしたんだよ。ひどいじゃないか」

「あ……ごめんなさい」

「泥棒が入ったり火事になったらどうすんだよ。合い鍵、そんなふうに使うんなら返してもらう」

「ごめん。もう二度としないから」

電話越しに、重いため息が聞こえる。

「だらしないぞ」

「ごめん、あの」

「なに」

「カレーは？」

くすり、と彼が笑った気がした。

「焦《こ》げてた」

「なあんだ」

「上は焦げてないから明日食べるよ」

「今からそっちいって、いっしょに食べたい」

「腹いっぱいなんだ。それに疲れてる」

女と会ってたから？という言葉を飲みこんだ。由美、由美、と貴史の声。

「明日。仕事が終わったら電話するから」

「わかった」

「おやすみ」

彼は通話を切った。しばらく受話器を持ったままで、ツーツーという音を聞いていた。ふと階下に目をやると、富田が笑いながら手を振っていた。あたしも手を振って。席に戻った。

「まーた彼氏？」

「うん」

「仲いいね」

「どうだろ」

「雨笠さんちって、どこだっけ」

「田園調布」

「近いじゃない。うち、都立大なの。でも帰りたくなかったら泊まってもいいし、お願い」

「行こうかな。ひとりでいたくないし」

彼女はうなずいた。あたしもうなずき返した。

「なんかね」

「だからセックスなんてしちゃうのかもね」

またうなずこうとして、でもやめた。

「楽しけりゃいいんだよ。行こう」

あたしたちは立ちあがった。伝票を見たら一万六千円だった。財布をつかんだ彼女の手を押しやって、

「奢《おご》る。カレーっていったのあたしだし」

「いいの。お金つかいたいの」

彼女は財布を引っこめようとしなかった。けっきょく割り勘にした。

電車に乗った。向かいに並んでいる全員が舟を漕《こ》いでいた。自分の駅につくと不思議

と目を覚まして、タイミングよく降りていく。訓練された動作。貴史もこうなんだろうか。会社帰りはいつも、こんなふうに居眠りしてるんだろうか。おとなはみんな疲れてる。なんにでも簡単に疲れてしまう、とても脆《もろ》い存在に思える。貴史はあたしにも、あたしが想像できないくらい、いつも疲れてるのかもしれない。

富田はあたしの隣で、あたしのコートの裾《すそ》をつかんでいた。目は開いているが、うつろだった。そんなに酒に強くないのだろう。

「ちゃんとおまえんちいくよ。逃げない」

あたしがいうと、彼女はきょとんとしてこちらを見返した。あたしはコートの裾を指さした。

「ごめん。無意識」

「ねえ、いつまでウリすんだ」

と思いきって彼女に訊《たず》ねた。

「さあ、いつまでかな。制服脱ぐまでかもしれないし、明日までかもしれないし、わからない」

都立大の駅が近づいた。電車が減速する。彼女は後ろをふり返って頭を低くした。

「やっぱり」

ため息をつく。電車が停止してドアが開く。あたしたちはプラットフォームに降りた。

「どうしたの」

「あれ、わたしの家」

フォームから直接踏みこんでいけそうなほど、駅の間近に建った大きなマンションを、富田が指さした。いったい何階建てなのか、一見しただけでは見当がつかない。何世帯が入ってるんだろう。大半の窓にはあかりが灯《とも》っているが、ぽつぽつと、虫食いの跡のように暗い窓もある。低い階の外壁は黄色くライトアップされ、ぐっとこちらに迫《せ》りだしているように見える。トムとジェリーに出てくる巨大なチーズに似ている。

「最上階の左側、わたしんち。あかりついてないから」

「親、寝てるの？」

「んん、お母さんは雑誌の編集やってんのよ。校了が近いの。お父さんは単身赴任で韓国」

あたしたちがマンションのエントランスに足を踏みいれると、センサーが反応してぱっと照明がついた。エレベーターに乗って十三階で降りた。白い廊下が左右に続いて、どちらにも同じドアが無数に並んでいる。合わせ鏡の世界を覗《のぞ》いているようだ。突きあたりに辿《たど》りつくとほっとした。富田が鍵を出した。キーホルダーは蹄《ひづめ》を象《かたど》ったエルメスのものだった。うちのママと同じやつだ。富田のそれにはドラえもんの顔を描いた水色の鈴が結びつけられ、揺れていた。彼女はさきになかに入って、電気をつけた。

「どうぞ」

靴を脱いで上がりこんだ。磨きこまれたフローリングの床が冷たかった。

「こっち」

彼女の部屋はすぐ手前だった。白くて模様のない壁紙。整然とした机にベッド、本棚、テレビ、そして冷蔵庫。まるで病院の個室だと思った。由美の部屋とは違った意味で生活感が薄い。彼女はあたしにクッションを勧め、冷蔵庫から缶ビールを二本出した。一本をあたしに握らせた。あたしはプルトップを開けて口をつけ、

「見せたいものってなんだよ」

「ヴィデオ」

彼女は机の上のリモコンに手を伸ばした。テレビに電源が入り、しゅうう、というテープの巻き戻しの音が聞こえ、やがて映像が始まった。白っぽい画面。じょじょにキャメラが引いていくと、それが皮膚だというのがわかった。お尻《しり》。女の。富田の顔を見た。無表情に画面を凝視している。ラブホテルだろうか。赤いシーツの敷かれたベッドの上で、女が四つん這《ば》いになってる。両手首が前で縛られている。キャメラが女の身体《からだ》を舐《な》めあげていく。顔を捉《とら》えた。富田だった。あたしはすこし息を飲んだ。

「いいから」

と彼女は冷酷なほどきっぱりといって、画面に向かい続けることをあたしに強いた。

キャメラが固定されたようだ。またお尻のアップ。骨ばった手が画面に入りこんできて、彼女のお尻を撫《な》ではじめた。撫でまわす。執拗《しつよう》に。男の頭が映った。黒縁の眼鏡をかけているのがわかる。生物の松田に間違いなかった。彼女のお尻の谷間に顔をうずめる。ちろちろと動く色のわるい舌が一瞬映った。肛門《こうもん》を舐めているのだ。気持ちわるくなった。

「やめようよ」

とっさにテレビに手を伸ばしたら、床に置いてあったビール缶が倒れてしまった。彼女は画面に顔を向けたまま、ベッドの下から雑巾《ぞうきん》を取りだしてあたしに渡した。

「もうちょっと」

唇を半開きにして、画面に見入ってる。松田が彼女の谷間を両手で開かせた。茶褐色の肛門とその下にあるサーモンピンクのびらびらがよく見えた。ひく、ひく、と動いている。なぜだか口のなかに唾液《だえき》が溜《た》まった。富田の缶を奪って、ビールといっしょに飲みくだした。

「映ってるよ」

松田の声。

「映っちゃってる。富田くんのいやらしい部分がみんな。ねえきみ、男、何人くらい知っているの」

「先生だけです」

富田が答えた。彼女の性器に紫色のバイブレーターがあてがわれる。うぃーんと唸《うな》って、動きはじめた。彼女も低く唸った。

「嘘《うそ》をついてはだめだよ」

「本当です。先生だって知ってるじゃないですか」

先端が入っていく。彼女は短い悲鳴をあげた。

「また演技してるの」

「そんな」

「だって初めてやったとき、血が流れなかったじゃないか」

「でも本当です」

「きみ、おれから試験の問題を手に入れたかったんだろう。内申書、気にしてたしな。だからおれの部屋へ来たんだろう？　おれとやれば、全部うまくいくと思って」

バイブレーターはゆっくりと彼女に出入りしている。

「違う」

「言葉づかい」

「違います」

「口答えするな。はいと答えてればいいんだ、すべての質問に」

バイブが引き抜かれた。富田の膣口《ちつこう》とのあいだに糸を引いてる。画面のなかの松田もじっとそれを眺めている。匂《にお》いを嗅《か》いでるのかもしれない。あたしは富田の手からリモコンを奪いとろうとした。すると彼女はそれを自分のスカートの中に入れてしまった。あたしはまた画面に視線を戻した。彼女の背中に松田が乗っていた。ズボンを半分下げている。松田のケツ。松田の肛門。松田の垂れさがった睾丸《こうがん》が、富田の性器にぶつかって跳ねる。さすがに直視に耐えなくて、視線を画面からはずした。

「おまえはおれの奴隷《どれい》か」

「はい」

「気持ちいいか」

「はい」

「どんな男より？」

「はい」

「やっぱりほかの男を知ってる」

「いえ」

「口答えするな」

「……はい」

「どうせおまえのことだから、ウリとかもやってるんだろう」

沈黙。

「返事が遅い！」

松田が怒鳴ったのでびっくりして画面を見たら、ちょうど彼女のお尻が平手でぶたれるところだった。あたしは画面に近づき、テレビの主電源を切った。

「やめてくれよ」

富田をふり返ると、彼女はぽかんとあたしを見つめながら、

「なんで」

「こんなのあたしに見せてどうしようってんだよ」

「学校でばらまいてもらおうと思って。いちおう内容わかってたほうがいいでしょう」

「いやだよ、そんな」

「気にいらなかった？　ほかにもあるの」

彼女はテレビの下のラックから五、六本のテープを選びだして、あたしの前に並べた。

その一本一本に手を置きながら、

「これは海で撮ったやつ。これは先生の家で。これはすごいの。先生の拳《こぶし》があたしのなかに入っちゃうの」

あたしは立ちあがってそれを蹴飛《けと》ばした。

「帰る」

「じゃあ、どうすればいいの。わたしどうすればいいの」

彼女はテープを拾いあげ、その束を抱えてあたしを見た。虚《うつ》ろな目。あたしを見てるけど、見てない。

「松田のこと、まだ好きなんだろ」

「きらい」

「どっちでもいいよ。とにかく松田とよく話せよ」

「わかった。電話するから」

彼女は倒れこむようにベッドに上がると、テープを放って、代わりにサイドテーブルの受話器を握った。あたしはコートを羽織った。

「じゃあ、あたしは帰るから」

「やだ。お願い、まだいかないで。お願いお願いお願い」

仕方がないので、立ったまま、白い壁を見つめながら煙草《たばこ》に火をつけた。プッシュボタンを押す音。あ、もしもし？　トーンの上がった富田の声。

「富田です。……身体？　大丈夫。なんともない。ね、いつまで別れてなきゃいけないの。あたしのこと、いつ迎えにきてくれるの。……やだ。もう待てない。……どうなっても知らないから。ほんとにどうなっても」

富田の声がかすれてきた。しゃくりあげる。会話は続いている。

「……嘘。そんなふうにいわないで。……お金ならあるの。いつお家《うち》を出てもいいように。だから、お願い」

　声に、次第にせつなげな吐息が混じりはじめた。ふり向くと、富田はスカートをまくりあげ、パンティのなかに手を入れて動かしていた。あたしはなにもいわずに部屋を出た。彼女は追ってこなかった。駅前のロータリーからタクシーに乗った。

　家に帰ると、靴も脱がずに下駄箱の上の電話に手を伸ばした。貴史の声が聞きたかった。貴史は電話に出なかった。もう寝ているのだろうか。何度かけても、プリセットの無機質な女の声が同じ返答を繰り返すばかりだ。

　シャワーを浴びてパジャマに着替えると、すこしは気分が落ちついたけれど、あたしにはなにもすることがなかった。居間のソファのうえで、とっくに読み終えた雑誌を無意味にめくった。気持ちが電話から離れない。早く明日になればいい。壁の時計は十二時を示したまま、壊れたように進まない。広告欄まで仔細《しさい》に読んだ。エステ、脚痩《や》せキャンペーン。輪郭もきれいに描ける、ブラシ付きリキッド口紅。お肌を傷《いた》めず脱毛しましょう、マイコンフルオート脱毛器。冬しか逢《あ》えない雪のような口どけ、ホワイトチョコレート。お部屋にいながら素敵な彼を見つけませんか、テレフォンクラブ。

　テレフォンクラブ。

　電話したことはまだない。時間つぶしにちょうどいいかも。テレビの音量を下げ、オレンジジュースを入れたコップと子機を持ってソファに座った。フリーダイヤル番号を押したら、呼び出し音もならずにつながった。男のあえぎ声がしたので、通話を切った。意外と心臓がどきどきした。もう一度かけた。

「はじめまして」

とその男はいった。だまっていると、

「どうしたんですか？」

優しそうな、ちょっと高めの声だった。

「ごめん。初めて電話したから」

「そう。僕も同僚に連れられて初めて来たんだ。君はいくつなの？」

「十六」

「僕は三十一」

貴史と同い年だ。ふと、いまなら電話がつながるかもしれないという気がした。お風《ふ》呂《ろ》に入ってるのかもしれないし。

「ごめんなさい、急用」

電話を切って、貴史のところにかけてみたが、また無機質な声だった。

「あんたとしゃべりたいんじゃないんだよ」

声は静寂に溶けていく。部屋の空間に圧迫されてる気がする。

「あのね」

あたしは由美。

「あたしは」

田園調布に住んでる、

「あたしは」

十六歳の、

「だれだっけ」

窓に近づいた。カーテンを開けて硝子《ガラス》に自分を映してみたが、髪の色までは映らない。

ソファに戻って、また子機を手にした。

「由美です」

「はじめまして」

「十六歳の由美です」

「高田です。僕は三十一歳です」

「あれ、もしかして」

「あ」

「急用で切っちゃったんだけど、さっきの人?」

「きみか。ええと、由美ちゃん?　ついさっきの」

「うん」

「声、覚えててくれたんだ。嬉《うれ》しいな」

「ていうか、彼氏と同い年だから」

「え、由美ちゃんの彼って三十一？　由美ちゃんみたいな若い子とつきあって、うわあ幸せ者だ」

「そんなことないけど」

「さっき慌《あわ》てていたけど、何か用事だったんでしょ。もう大丈夫なの？」

「もうすんだ」

「そう。急に切られて寂しかったんだよ」

「あたしも」

「じゃあ楽しい話でもしましょうか」

男は漫才をはじめた。ひとりでつっこみ、ひとりでぼける。物真似《ものまね》もした。どれも似てなかった。あたしは子機を握ったままベランダへ上がった。川を挟んでたくさんの家の灯がみえる。こんなにもあかりがともっているのに、なんであたしはひとりなんだろう。夜風が冷たい指で、あたしの赤い髪に触れる。

「ごめん。ぜんぜんつまらなかった？」

「ううん。ねえ、あたしに会いたい？」

「そりゃあ会いたいよ。どこへでも飛んでいくよ」

「ひとり漫才やってくれる？」

「喜んで」

「エッチしないよ、彼いるから」

「いいんだよ。楽しい時間が過ごせれば」

「もう一度いって」

「楽しければいいんだって、いっただけだけど」

あたしは男に住所を告げた。


チャイムが鳴った。インターフォンを取ると、あの男の声だった。

「だれもいないよ。門は開いてるから」

玄関のドアスコープを覗《のぞ》いた。眼鏡を掛けたマスターヨーダが立っていた。眼鏡の奥の目は小動物のようにまるっこく、自信なさそうにきょろきょろと動いている。あぐらをかいた鼻に口角の下がった口。印象は悪くなかった。くしゃっとした、それなりに可《か》愛《わい》らしい顔だ。大きすぎる茶色のダウンが、着ぐるみに見えた。あたしと色違いの、緑のハンティングワールドのリュック。

ドアを開け、ヨーダが安心するよう笑顔を見せた。彼はあたしの髪の毛を見て、ちょっと驚いた顔をした。

「あがんなよ」

「ほんとに、だれもいないの?」

揃《そろ》えたスリッパにおずおずと足を入れる。リビングに通してコーヒーを入れてやった。

ヨーダはリュックを膝《ひざ》にのせ、俯《うつむ》きがちに座っている。

「外寒かった?」

トレイを置きながら訊《たず》ねた。

「ええ」

ヨーダは答えるときだけ、眼鏡の上からちらりとあたしを見た。

「ねえ、マスターヨーダに似てるっていわれたことない」

一瞬、ヨーダがあたしを睨《にら》んだ気がした。

「怒っちゃった?」

「若い女は」

「え?」

「若い女ってのは」

ヨーダはくぐもった声で、若い女は、若い女が、若い女の、と呪文《じゅもん》のようにつぶやいた。手が震えていた。

「ごめんごめん、気を取り直して、ファミコンでもしようか」

「そうだね」

と男は急に笑顔に戻って立ち上がった。笑顔のまま、小さな声で、

「畜生、ファミコンだと」

「どうしたの」

「甘ったれた声だしてんじゃねえよ」

言葉が激しくなるのと裏腹に、男の声はどんどん小さく、消え入りそうになっていくのだった。ヨーダはマグカップをつかむと、あたしの脚にコーヒーをぶちまけた。とても熱くて、あたしは座りこんで悲鳴をあげた。彼はリュックを開いて、なかから大ぶりなペーパーナイフを取り出した。研いであるんだよ。ちゃんと切れるように研いであるんだよ、とつぶやきながらリュックをあたしにぶつけた。近づいてきた。あたし、とんでもない間違いをやらかしたのかもしれないと思った。

「こんなさ、だだっぴろい家に住んでるからさ、悲鳴あげたって、だれも来やしないんだ。ほら切れるんだよ」

男はナイフの刃を自分の手の甲に滑らせた。じわっと二センチくらいの赤い線が浮かびあがった。男はあたしの襟首《えりくび》をつかんで頬にナイフを当てた。冷たい感触に気分がわ

るくなった。

「十六っていったよね。由美ちゃんだっけ。返事してよ。おい早く返事しろよ」

ナイフがすっと襟元に下ろされると、ブラウスのボタンが簡単に弾けて飛んだ。はい、とあたしはうなずいた。

「ぼくと同じ年の彼がいるんでしょ」

「はい」

「声が小さいったら、聞こえないんだよ」

男はナイフでブラウスを裂きはじめた。声はますます小さく、ほとんど吐息に近い。

「で、もうやっちゃったわけ？」

「いいえ」

「嘘《うそ》つくなって。嘘つくなってば」

芋虫のような指がブラジャーを撫《な》でる。

「発育がいいよ、ほんとに。ああ」

男はあたしの胸元に顔を寄せると、自分の股間《こかん》を揉《も》みしだきはじめた。あたしは男を突き飛ばした。ナイフの先が頬を掠《かす》めた。

なにすんだてめえ、と男は初めて大声をあげた。逃げようと思うのに腰が立たなかった。男はあたしの背中に馬乗りになった。リュックからロープを取り出した。必死であがいたが、男は見た目からは信じられないほど重く、力も強かった。手足を後ろでまとめて縛られた。なんでこんな男にと思うと悔しくて涙が出てきた。男はあたしを表に返した。湿った掌《てのひら》があたしの腿《もも》を撫であげた。気持ちわるい。吐き気がする。

「さっきさ、コーヒーこぼしちゃってごめん。あ、頬っぺたも切っちゃった。ぼくのせい？　ぼくのせい？　違うだろ。おれに乱暴するからだろ。セックスが厭《いや》なら男とつきあうんじゃねえよ。テレクラに電話してんじゃねえよ。最近の若い女ってのはなんなんだよ、若い女ってのはさ」

なんなんだよ、なんなんだよ、と繰り返しつぶやきながら、男はあたしの顔を舐《な》めた。男の息はすえた新宿の匂《にお》いがした。胃が急に縮こまって、あたしは思いがけず嘔吐《おうと》した。顔が吐瀉物《としゃぶつ》にまみれた。男は舐め続ける。あたしは必死で首を横に振った。

「ああ酸《す》っぱいな。それにちょっと苦い。これが由美の中身なの？　おまんこも同じ味なの？　彼、なんていってる？　ほかの男は？　おい、これまでいったい何人のちんぽくわえこんだんだ？」

ブラジャーの谷間を切断された。二枚の布が左右に弾《はじ》けた。

「教えてよ、由美ちゃん」

首を振り続ける以外、どうしてたらいいのかわからなかった。男の顔があたしの股間に密着した。

「ああああ女子高生の匂い。本物の十六歳」

　パンティも切られた。あきらめるしかないんだろうか。男がズボンを下ろしてペニスを出した。充血しているそれも芋虫かなにかに見えた。なま温かい男の舌が、あたしの性器に張りついてる。あたしは固く目をつむった。夢だと思おうとした。きっと夢だ。あした目が覚めたらママは家にいる。そうだ、アップルパイを焼いてもらおう。林檎《りんご》の甘酸っぱさ、シナモンの香り、縁がさくさくしてておいしいんだ。足首のロープがほどかれた。縛られてた部分がじんじん痛い。あたしのなかに異物が入ってくる。肉が裂ける。脚をばたつかせた。瞼《まぶた》を開けると、あたしの上で醜い妖精《ようせい》が額に汗の玉を浮かべていた。顔を背けた。

　やっぱり終業式には出ることにしよう。みんな心配してるだろうし、出席日数だって稼がないと。それに休んでいるあいだに、瞳から借りてたロールプレイング・ゲーム、最終面までいったんだった。中古屋で買ったやつだから解説書がついてなくて、みんな苦しんでた。たっぷり自慢しなきゃ。松田にもひとこと文句をいってやる。帰ったら貴史に電話しよう。おとといはどこいってたんだよって怒ってやろう。寂しかったんだよ。だってきのう会ったじゃないかと、きっとあしたは会えるから貴史は文句をいうだろうけど、違うんだよ貴史、あたしはこの日、この晩、だからいま、いま会いたいの。

「ほら、根元まで飲みこんじゃった」

ナイフが、絨毯《じゅうたん》に刺さっていた。赤い色が映ってる。髪の色だった。
あたしだ。
十六歳の、
田園調布に住んでる、
ケーキが好きで、
数学が苦手で、
身長は百六十六、
名前は由美。
あたしに違いなかった。
「なにずっと黙りこんでんだよ。なにかいえ。なにかいえ。なにかいえ。なにかいえってば」
男は腰を動かした。上下に左右に、滅茶苦茶に動かした。
「おまんこっていえ。いいっていえ」
あたしはナイフを見ていた。
「いえっていってんだよ」
お腹《なか》を殴られた。何発も殴られた。視野がだんだんぼやけていく。
「おまんこいいって、いってよ、どうせ、金もらって、何本も、何本も、何本も、くわえてきたくせに、売春婦のくせに」

遠のく意識のなか、孤独の無限空間のなかで、あたしの唇は、おまんこ、いい、とたしかにつぶやいたのだ。

はっと瞼を開けると、男はもういなかった。起き上がって、玄関の鍵《かぎ》を閉めにいった。貴史の声が聞きたかった。きれいに揃えられたスリッパの上に、一万円札が三枚のっていた。このお金はなんだろう。もしかして、これが売春というものなのだろうか。由美の手を思った。瘡蓋《かさぶた》だらけだった。涙が頬をつたった。札を握りしめ、リビングに走った。男の精液が太股《ふともも》を這い、床に落ちていく。あたしは由美。リエじゃない。なのに汚れてる。どういうことなんだろう。灰皿の上で紙幣を燃やした。炎は一瞬見えたが、すぐに灰になってしまった。シャワーを浴びた。痛いほど身体《からだ》をこすった。だけど、汚れてしまった胎内は、どうやって洗えばいいんだろう。

ウリで妊娠なんて最悪、という恵里奈の言葉と富田の切なそうな横顔が脳裡《のうり》に甦《よみがえ》った。シャワーを性器にあてがい、指を挿《い》れて擦った。細かい傷がたくさん出来ているようで、お湯がひどく滲《し》みる。その鋭角的な痛みが、あたしを冷静にした。あたし、女じゃないんだった。あたしは笑った。

（女じゃない。女じゃないもん）

7

両腕に炎を抱えたドレス姿の由美が、夜の街を練り歩いてる。こぼれた火の粉が、薬局に、スナックに、交番に、民家にも燃え移る。炎は濃いオレンジ色から深紅に変化しながら、建物の壁を這《は》いあがっていく。火の粉が降り注ぐなか、あたしは彼女を追いかけている。抱えた炎に引き伸ばされた彼女の影の先端にまで追いつくが、声をかける寸前で彼女は角を曲がってしまう。足許《あしもと》のおぼつかなさを不思議に思って下を見ると、あたしはスニーカーではなくヒールを履いている。やだ、家を出るとき間違った。なんで間違ったんだろう。

始まったばかりの冬休みをすっかり持て余している。学校があるあいだも毎日を持て余していたけど。

連日貴史の家を訪れては、やりまくってる。新しい体位をいろいろ覚えた。このところ疲れて夢もみなかったのに、けさがたの夢だけは鮮明に頭に残った。なぜそんな夢をみたのか、理由は明快だ。ここ数日、神出鬼没の連続放火魔がマスコミを騒がせてる。不規則に、いろんな手口で、東京のそこかしこに火を放っている。ものの見事に全焼した家もある。あたしは由美の仕業ではないかと期待している。ほんとうはまだ東京にいて、東京を自分の炎で燃やし尽くそうとしているんじゃないかと。そうして廃墟《はいきょ》と化した東京には、きっと由美のような植物たちが芽を出して、すくすくと育ち、いずれジャングルを形づくるのだ。

遅い朝食を食べに下に降りていくと、見計らっていたように玄関前の電話が鳴った。近藤広人からだった。彼はとぎれとぎれに意味のない話をし、あたしが苛立《いらだ》ちはじめたのを感じとると、急にぶっきらぼうになって、いまから映画でも観《み》にいかないか、といった。

「いま起きたばかり」

「だからか。機嫌悪そうだもんな」

「最悪だよ」

「かけなおす」

といって電話は切れた。リビングにはおやじがいた。テレビもエアコンもつけっぱなしで、硝子《ガラス》戸を開けて花壇に水をやっていた。おやじが由美とどんな話をして、どんな別れをしたのか、あたしは知らない。おやじはママを連れ帰り、以前ほどには家を空けなくなった。おやじはあたしに気づくと、おはよう、と定年間際《まぎわ》の教師のような挨拶《あいさつ》をした。

「ママは」

「お茶会だそうだ」

「ふうん」

あたしはダイニングテーブルの前に行き、ラップのかかったフレンチトーストの皿を眺めた。

「由美、ちょっと」

椅子《いす》に腰を下ろしたところで、おやじがあたしの名前を呼んだ。リビングに戻ってみるとおやじは窓の外を指さしている。このところ都内を騒がしていた連続放火ですが……というテレビの声が聞こえて、はっとなって画面を見た。銀縁の眼鏡をかけた国立大生ふうの男の、レンズを睨《にら》みつけたような写真が映っていた。

あたしは激しく落胆した。ナプキンが白いままなのを確認するときよりも、由美から田舎に帰るという言葉を聞いた瞬間よりも、それこそ強姦《ごうかん》されたという事実よりも、その落胆は大きかった。おやじのそばに行って同じ方向に目をやると、そこには雀《すずめ》の屍骸《しがい》があった。空には雲一つない。あかるい光が屍骸をあらゆる方向から照らしていた。

「どうしてかな。埋めてあげようか」

ひとり言のようにつぶやくおやじに、あたしは訊《たず》ねた。

「どうしてるのかな」

おやじは急に真顔になり、

「心配だな」

と小さな声でいった。それからあたしの顔を見て、

「なんでまた由美に戻したんだ？」

「由美が戻せって。美人の友達の名前だっていっていたんだけど、それは嘘《うそ》で、本当はつまんない女の名前だったの」

おやじは深くため息をついた。

「それは由美だ。仕事のときはリエだった」

あたしはしばらく押し黙っていた。あの雀は雄だろうか、雌だろうか。それとも子供なんだろうか。

「大人は嘘吐《つ》きだ」

「そうだな」

「アンディ・ウォーホルと友達なんて」

「いや。あれは嘘じゃない」

「由美とのことは」

「ただのひとつも嘘はなかった」

「でも、もういいよ」

おやじを庇《かば》うような気持ちでそういったつもりが、まるで責めたてるような口調になった。

「もう宮古島に帰ったの？」

「どうだろう」

「宮古島の住所、知ってる？」

「教えてくれなかったんだよ」

おやじが手にしているじょうろからはとうに水流が途切れていた。おやじはそのことに気づくと、照れくさそうに苦笑いした。


一度、由美の携帯に電話してみたことがある。由美と最後に別れて、三日めくらいのことだ。知らない女が出てきて、なにこの電話、と文句をいった。

おやじが教えてくれた番号に電話をすると、はい、と一言だけの返答があった。あのお、とあたしが切り出すと、

「間違いだよ」

と即座に切られた。

もう一度電話した。

「はい」

「もしもし」

「間違いだったら。女がかけてくるとこじゃないんだ」

「待って。由美の、リエの友達なの」

男は沈黙した。

「おたくのコンパニオンだった、リエさん。いまの住所とか、その、手紙を書きたくて」

「手紙？」

「はい」

沈黙。

「しかしね、うちはいっさいそういうのはわかんないし、わかったとしてもお教えできないんですよ」

「だけどほかに、短いあいだだったけど、ほんとに親友だったんです。お店で控えてなくても、仲のよかった人とかいると思うし」

「その、リエが、その後どうってのは、ご存知なんですか」

「宮古島に帰るって。自分ではそう」

沈黙。今度のは長かった。

「もしもし」

「そちらの連絡先、教えてもらえますか。わかったら連絡するから」

一時間後、無記名のファックスが届いた。沖縄県ではなく、埼玉県の住所と電話番号が書いてあった。あたしはなにか本能的な判断でもって、それをおやじの目から隠した。帰るといったのも、得意の嘘だったんだろうか。部屋で煙草《たばこ》を吸いながら、あたしは紙切れの文字をすっかり暗記してしまうほど眺め続けた。由美はここに身を寄せている。何度か電話をかけようとしては、思い留まった。うかつに電話すれば、今度こそ由美は宮古島に逃げてしまうような気がした。

渋谷《しぶや》駅のみどりの窓口で駅員に住所を見せると、めんどくさそうに最寄りの駅を調べてくれた。どのくらいかかりますか、と訊《き》くと、一時間、と投げやりな返事がかえってきた。切符を買った。電車のなかで、あたしはずっと〝恋の季節〟を口ずさんでいた。途中から歌詞が思い出せず同じ部分を繰り返すばかりだったが、自分でも苛立ってもうやめようと思っているのに、歌詞が曖昧《あいまい》な箇所にくると必ず、また出だしの歌詞につながってしまうのだった。

タクシーは、新しくもなければ古くもない、泣きたいくらい味気ない住宅地のまんなかにあたしを置き去りにした。あとは番地を頼りに歩いた。なぜだか人間にはひとりも出くわさなくて、ゴミを漁《あさ》っている鴉《からす》と、太った猫が路《みち》を横切っているのを見かけただけだった。見つけた家の郵便受けには、家族の名前を並べた真新しい厚紙が挟まっていた。

斉藤元治
　　明子
　　健治
　　由美

(由美？)

あたしは門を開け、玄関のチャイムを鳴らした。白髪混じりの髪を後ろで束ねた女性が出てきた。あたしの姿に彼女が戸惑っているのがわかった。まるい目はどことなく由美に似ている。

「どちらさまですか」

「あの、由美さんは」

おばさんはあたしを見つめたまましばらく押し黙っていたが、

「おあがりください」

とスリッパをそろえてくれた。細い廊下を進むにつれ、この家の匂《にお》いだと思っていたのがじつは線香の匂いだということに気づいた。なぜか驚いたりはしなかった。

「いつですか」

おばさんの背中に訊ねた。おばさんはその背をよりいっそう丸めながら、

「五日前です」

と弱々しく答えた。

「どうぞ、こちらに」

奥の部屋に通された。白い布を敷いた台のうえで、髪を赤っぽく染めた由美が笑っていた。セーラー服を着ている。

「その写真が、うちにあるなかでいちばん新しかったんです」

「髪」

はい、とおばさんはお辞儀のように深くうなずいた。

「ですから玄関で、時間が戻ってくれたのかと」

あたしは室内を見渡した。間取りや調度からはさして裕福という感じは受けなかったが、だからといって貧しいという感じでもない。中流の中流が、ちょっと古びたという程度だ。

「失礼ですけど、うちの由美とは」

「友達です」

「そうですか」

おばさんは視線をあたしの頭のあたりに漂わせた。それから由美の遺影に目を移して、深いため息をついた。

「あの子が発してた、救助信号のようなものだったんでしょうか。おとなしい子だったんです。おにいちゃんと違って、まったく手のかからない。その頃はこの家の返済で共働きをしてたんですが、家に帰ってくると、お恥ずかしい話ですが、兄のほうがよく暴れてましして。由美にはまったく構ってやれなかった。同じ自分の子なのに」

おばさんはエプロンの裾《すそ》で涙をぬぐった。

「とってもね、疲れていたんですよ。それは理由にはなりませんけど。家を出ていきました。だれかといっしょだったようなんですが、それもわたしたちは知らなかった。あの子が家を出て、ようやく私たちも慌《あわ》てましして、でも遅かった。由美は一度も戻りませんでした。なのにそれがね、突然家に帰って来たんです。お母さんの子供に戻っていいかって、照れくさそうに。おとうさんとそれは喜びましたよ。その矢先、職安の帰り道でしたけど」

大嘘つき、と彼女を非難したかった。だがもう彼女はいない。闇《やみ》のなかでぺろりと赤い舌をだす由美の姿が脳裡《のうり》に浮かんだ。彼女は、花火、火事、そんなものだったとあらためて思う。あの赤い舌は、彼女の身体《からだ》のなかに炎がつまっていた証拠だったのだと。

（長い十五分だったね）

赤い髪の由美に両手を合わせた。

家を出たあたしを、つっかけ履きのおばさんが追いかけてきた。息を整えながら、なにかいいたそうにあたしの瞳《ひとみ》をじっと見つめている。

「あの、お名前」

「由美です。由美と同じ由美」

「そう」

おばさんは、あたしの手を優しくその手で包んだ。皺《しわ》くちゃで堅い手だった。

「東京から？」

「はい」

「ああ、それは遠いのにどうも。あの。いえなんでもないの、ごめんなさい」

手の甲におばさんの涙が落ちた。彼女は歪《ゆが》んだ笑顔で、

「娘のために、どうもありがとう」

と深々とお辞儀をした。あたしも頭を下げて歩きだした。

「あの」

ふたたび声をかけられ、振り返る。おばさんのサンダルが何歩か進んで、また止まった。涙があふれて頰を濡《ぬ》らしている。

「あの子は、幸せだったかしら？」

あたしはしばらく考えて、いった。

「あたしは由美が好きでした。みんな由美が好きだった」

また頭を下げ、すぐに背中を向けて走りだした。風がとても冷たかった。


おやじがリビングで待ちかまえているような気がしたが、いなかった。ママもまだ帰ってない。そのまま二階の自分の部屋に上がった。勉強机の上に古ぼけた写真が置いてあった。長髪髭面《ひげづら》の日本人が白髪にサングラスの瘦《や》せこけた白人と肩をくみ、指でピースサインをつくっている。裏には〝アンディと〟と書いてあった。どんな写真にもおやじはそうやってタイトルをつける。過去の出来事や感情を、いちいち確認して胸に刻みつけるかのように。

女なんだ、と気づいた。

嘘をつくのはおとなじゃなくて女だ。ひとりが怖いといっていた由美。嘘は由美を優しく守ってくれたのだろうか。貴史のことを思った。彼はあたしを好きだといってくれる。それは嘘じゃないと思う。でも貴史から電話を貰《もら》ったことは一度もない。どういうことなんだろう。すると部屋の子機が鳴りだした。受話器をとると、近藤広人の声が聞こえた。またおまえか、とあたしはため息まじりにいった。一瞬、貴史と心が通じてるのかと思ったのに。

「ひでえな、そのいい方。誘う気なくすよ」

「じゃあ誘うな」

「無理には誘わねえよ。かけ直すって約束したからかけ続けてただけで」

「何回かけた?」

「七、八回かな」

「あのな、近藤」

「なんだよ」

「あんたは女じゃない。だから嘘を吐けないんだ」

「なにいってんだ」

「教えてあげるよ。あたしも本当は女じゃない」

「雨笠、おまえおかしいぜ」

「だから嘘を吐かないし、なんにでも忠実なんだ」

電話を切り、カーテンを閉めにいった。窓から物置が見えた。去年の残りの花火が入っているはずだ。物置の隅にはこんもりとした新しい土盛りが見えた。きっとおやじがつくった雀《すずめ》の墓だ。由美のことをおやじに話すつもりはなかった。話したところで、どうせあたしにはおやじは憎めない。それはおやじも同じだろう。あたしは制服に着替えた。制服はいちばんあたしらしく、そしていちばん無個性だ。外はいつのまにか黄昏《たそがれ》に包まれていた。花火の袋をつかみ、玄関でサンダルから黒いピンヒールに履きかえ、そのまま家に上がりこんだ。これは正しいことだろうか。

すぐに判断を放棄した。あたしにわかるわけがない。あたしに出来るのは、ただ心の閃《ひらめ》きに対して、家畜のように忠実にそれを実行することだけだ。だって、あたしはまだほんの子供に過ぎないのだ。廊下にも居間にもあかりはつけなかった。暗くてもどこになにがあるという見当はついたし、そのうち外からのわびしいあかりに目が慣れてきた。三人で囲むことなど滅多にないダイニングテーブル、応接セット、テレビにオーディオ。それらの上に携えてきた花火を立てては、ジッポーで点火していった。導火線がぱちぱちと音を立て、端から順に、黄色い火の粉を振りまきはじめる。火の粉は滝になり、筒の中からあふれだした。カーテンにオレンジ色の蔦葉《つたは》が絡《から》まる。意外な成りゆきに、あたしはすこし戸惑った。あたしはただ、今夜にふさわしい儀式をふさわしい場所で執り行いたいだけだった。蔦はしばらくたゆたっていたが、やがて、天井を這《は》い、無数の赤い炎の花を咲かせる。

由美の弔い火。もっと大きく、もっと激しくなれ。あたしは輝きの中でダンスを始めた。ヒールを軸にくるくるまわる。制服の裾が膨らむ。火の粉の蝶《ちょう》がきらきらと舞う。テレビの破裂音は獣の雄叫《おたけ》び。飛んできた硝子《ガラス》の虫が身体に当たる。顔や足に触れると掌《てのひら》は真っ赤に染まり、拡《ひろ》げるとそれは由美の髪に差したかったムッソウゲのようだった。けたたましい鳥の声の中、聞こえてくるのは、あたしの笑い声？　それとも由美の？　わからない。あたしにはわからない。由美のことも、おやじのことも、ママのことも、貴史のことも、富田のことも、自分のことさえも。

「わからない」

そのとき、太股《ふともも》からどろりとした女が顔を覗《のぞ》かせた。

（あたし、いま嘘吐《うそつ》いた）

炎のなかのあたしは、突然襲いかかってきた淋《さび》しさに途方にくれ、指を噛《か》んだ。

砂漏

それはつむじに落ちてきた。塾の帰り道だった。

(なんだろう?)

夜空を見上げたが、ただ群青色《ぐんじょういろ》の闇《やみ》が広がっているだけだ。人さし指をつむじに這《は》わせた。じゃり、という奇妙な感触。

ぎいいい、とどこかで家具がきしむような音がした。あたりを見まわす。大きな蟬《せみ》が一匹、街灯の支柱にとまっていた。蟬はもう一度短く鳴いてから、十メートルほど先のブロック塀に飛びうつった。まるであたしを意識しているみたいだ。カレーの匂《にお》いが漂ってきた。近所でも有名な偏屈老人の家からだ。なんとなくほっとして、帰宅することに気持ちを集中した。母から持たされている水晶のペンダントがリズミカルに胸を叩《たた》く。急げ、急げ、とせきたてられてるようだ。

息を整えながらドアを開くと、また、ぎいい、ぎいい、という蟬の声が聞こえた。リビングのドアが乱暴に開かれた。

「あら、帰ってたの」

母だった。汗だくだ。サイドボードを廊下に引きずり出そうとしているのだとわかった。あたしの姿に気づいて、ほほえむ。首からさげたタオルで額と両手を拭《ふ》いて、

「ペンダントは？」

首に巻いたチェーンの留具を外して、母に渡した。母はそれを拇《おやゆび》にかけると、両手を合わせて目をつむった。

「ばか力だね」

あたしがいうと、母は瞼《まぶた》を開いた。

「昼からがんばっているんだけど、ようやっとここまで。手伝ってもらえない？」

「あとだったら。さきにお風呂《ふろ》に入りたい」

母に背を向けて靴を脱ぎながら、もう一度つむじに指を這わせてみた。ただ髪の毛と頭皮の感触しかなかった。


終業のベルが鳴る。明日から夏休みだ。教室の後ろに数人ずつの集団ができる。楽しげに遊びの予定を協議している。給料日のサラリーマンみたい。群れないと遊べない。

机の教科書を鞄《かばん》につめていると、

「あ、委員長」

斗沢と三上が走り寄ってきた。ふたりとも去年の修学旅行で班がいっしょだった。といってもいっしょに遊びにいったことも、名前で呼ばれたこともまだない。

「もう帰るの？　これからカラオケに行こうかっていってるんだけど」

「ほんと。あたしもいきたいけど……」

「今日もだめなの？」

「もう、いっつもつきあい悪いなあ」

「ごめんごめん」

あたしは両手をあわせて、はにかんで見せた。

「わかった。デートなんだ」

三上が廊下を指さした。隣のクラスの渡辺が立っていた。彼女らのあいだであたしは、彼とつきあってることになっている。なっているらしい。渡辺は学年で一番成績がいい。あたしはいつも二番めだ。渡辺の母親は医者で、父親は大学教授だ。あたしとは学年委員会やなんかでいっしょになることが多い。彼が誰とも仲がよくて、誰とも親しくないのを、あたしは知っている。あたしと同じだ。いっしょに帰ることもあるし、音楽や最近読んだ本の話をしたりもする。でもお互いについて興味を抱いてるわけじゃない。いっしょにいてもひとりでいるのと変わらない。そこが渡辺のいいところだ。

「委員長、キスぐらいした?」

え、と大げさに驚いて見せた。

「もう、うぶなんだから」

彼女らは笑いながらあたしの前から去っていった。バカ女たち。鞄を持って渡辺のところに行った。

「帰る?」

「いや」

渡辺のあとについて歩いた。渡辺は社会科の資料室に入っていった。なかには誰もいなかった。蒸し暑かった。磨《す》りガラスの窓を開けると、無数の埃《ほこり》が室内を舞っているのが見えた。野球部が校庭をランニングしていた。うちの学校の野球部は弱い。県大会の二回戦どまりだ。近い将来、こんどはグレーの安背広が彼らのユニフォームになるんだろう。そんなことを考えてると、渡辺が窓の前にまわりこんできて、

「開けないで」

と強い調子でいった。

「あれが入ってくるかもしれないから」

あれ、それ、あのとき、そういうの……彼の言葉はいつも漠然としていて、わかりづらい。小さな頭を、細くて茶色い髪の毛がふわっと包んで、輝いてる。まるで特撮番組

のプラズマを発するバリアーみたいだな、と思った。彼は自分で窓を閉めて、あたしのほうを向いた。逆光で表情が見えない。

「あれってなに？」

「わからない。見えないから」

　彼はため息をつき、

「来学期は学校に来れないと思う。きみにさよならがいいたかったんだ」

　磨りガラス越しの午後の陽射《ひざ》し。色白で華奢《きゃしゃ》な渡辺の身体《からだ》が、いっそう細く見える。

「学校、やめるっていうの？」

「わからないけど、疲れた」

「あたしだって」

　思わず声を荒らげた。あたしだって、あたしだって疲れてる。あたしたちの志望校のK大付属は、家庭環境も重視するという。片親のあたしのほうが不利じゃないの。甘ったれてる、と腹がたった。彼に背を向け、床に置いてあった鞄をつかんだ。

「帰る」

　ドアノブを握った。その背中に彼が、

「なあ、ものを暗記するときって、どんなふうにする？」

　あたしはふり返った。渡辺は笑ってるようにも、泣いているようにも見えた。

「考えたことない」

「ぼくは、頭のなかの大きなコルクボードに、メモを貼《は》りつけてくイメージなんだけど」

「人の頭のなかってそんなんじゃないと思うけど」

「でもぼくはそうなんだ。というか、そうだった。それが最近できない」

「どうして？」

「わからない。なにかに侵略されて、ボードの面積がどんどん狭くなってるのがわかる。口からかな、鼻からかな、目からかな、どこから入ってきたんだろう」

「…………」

「どうなってしまうんだろう」

どうということもない。次のテストであたしが一番になるだけのことだ。

「受験が終われば治るよ。もうすぐじゃない」

弱いやつのカウンセリングしてる暇なんか、あたしにはない。

「帰ろう」

彼の前に行って肩をこづいた。並んで下駄箱に向かった。中庭から蟬の声がする。

「ねえ」

渡辺になにかを訊《たず》ねようとして、でもそれがなんなのか思いだせなかった。渡辺はあたしを見ようともしない。資料室からずっと考えこんでいる。あたしも考えてみる。

（きのうの晩、なに食べたっけ）

思いだせなかった。

（今朝は？）

思いだせない。数学の公式や英語の慣用句はいくつも出てくる。でも食べたものが、なぜか思いだせない。蟬の声が身体にまとわりつく。


昨日までサイドボードのあった場所に、今は不細工な龍《りゅう》の掛軸がある。そのうち、オーディオセットも金ぴかの祭壇に変わるかもしれない。

「明日、水峰様《すいほうさま》の瀧《たき》へいってくるわ」

掛軸の前であたしの通信簿を見ながら、母がいった。がんばったけど、また二番。水峰様というのは母が信心している神様だ。一昨年《おととし》父が蒸発したあと、気がついたらすでに入信していた。最近は布教活動に忙しいようで外出がちだ。今日もいなくてよかったのに。

夏休みなんかさっさと終わるといい。このさきとうぶん、朝夕以外にも母と顔を合わせねばならないのだと思うと、気が重い。あたしの気持ちが通じたのか、彼女は聞こえよがしにため息をついた。掛軸に向かって座りなおすと、髭面《ひげづら》の龍に向かって両手をあ

わせる。あたしのほうをふり返って、

「ちょっと隣にお座んなさい」

「でも、塾のテストの勉強しないと。もう来週だから」

「ああ、そうね。大事なテストだったわね。水峰様どうか娘を……」

祈りの言葉を唱えだした母を目の端から追いやって部屋を出た。いっしょに水峰様の瀧にいこうなんていわれたらたまらない。

エアコンをつけ、K大付属の過去の問題を解きはじめた。制限時間、五十分。一問あたり十分強。視界の端に、きらきらとした輝きが見えた。窓に顔を向ける。外になにかが降っている。雨ではない。陽光を反射して光っては消える。窓を開け、庇《ひさし》の外に下敷きをかざしてみた。砂だ。細かな雹《ひょう》のように、ぱらぱらと音をたてて下敷きに跳ねる。

鞄のなかの携帯電話が鳴った。塾のアルバイト講師の後藤が買ってくれたもので、かけてくるのは彼だけだ。十回ほどのコールで切れた。また鳴った。こんどはなかなか切れない。二十回めのコールで鞄を開いてスイッチを入れた。後藤のぼそぼそした、蚊の鳴くような挨拶《あいさつ》。

「いったいなんの用?」

「暑いね」

「なんの用かって訊《き》いてんのよ」

後藤は一瞬沈黙し、よりいっそう小さな声で、

「来週のクラス分けテスト、もう手元にあるよ」

あたしはため息をついた。

「いま、暇なの？」

「時間はそう、つくれるね」

「一時間後、いつものとこで」

携帯を床に放った。窓を閉め、エアコンを強めた。半年前、丘の上の神社に呼びだされ、好きだといわれた。君のためならどんなことでもする、と彼はいった。学期末のテスト用紙を要求してみた。彼は要求をのんだ。翌日、封筒に入ったそれを彼から手渡されて、あたしはとても喜んだ。それがそのときのあたしに最も必要なものだったからだ。

そこいらの小学生よりよほど小心な男だと、あとでわかった。些細《ささい》な不正行為のプレッシャーでノイローゼになりかけてる。たまに会って飴《あめ》を与えておかないと、いつ裏切るかわからない。あたしは後藤が嫌いだし軽蔑《けいべつ》しているけれど、背に腹はかえられない。終わっても、終わっても、また次のテスト。彼と会うのと母の説教とどちらが厭《いや》か、よく考える。どちらもそうとう厭には違いないが、相手が他人のほうがまだましだ。後藤を憎むほうが気が楽だ。

机上の十五分間砂時計が残りわずかになってる。神社までは歩いて三十分だ。お母さ

ん、まだ祈り続けてるんだろうか、とついわかりきったことを自問した。もちろん続いているに決まってる。母の水峰様への祈りは、いつも恐ろしく長い。祈ってる。あたしのために。

時計を逆さにして、最初の一問に頭を集中させた。

家を出ようとして、母に呼び止められた。

「どこいくの？」

「参考書を買いに」

「待って。ペンダント忘れてる」

むりやりペンダントを握らされた。あたしはそれを首からさげた。

ブロック塀に蟬《せみ》がとまっていた。昨夜と同じ場所だ。同じ蟬だろうか。前を通り過ぎながら、その複眼に小さなあたしがいっぱい映っているさまを想像した。空怖《そらおそ》ろしくなって走った。

脇《わき》の下に汗が滲《にじ》んでる。境内《けいだい》へと続く長い石段。両側にそびえる杉林。鼓膜を圧迫する蟬時雨《しぐれ》。すでに十五分遅刻しているけれど、急ぐこともかなわない。最初一気に駆け上ろうとしたら、途中で心臓に空気が入ったみたいに痛みだした。ペンダントを外してポケットに押し込む。顔をあげると、石段の頂上に後藤の姿がぼんやりと揺らいでいた。あたしは舌打ちした。

「遅かったね。どうしたの」

後藤が怒ったのを見たことがない。いつも小さなまるい身体を緊張させて、他人の顔色を窺《うかが》ってばかりいる。とりわけあたしに対してはそうだ。

「サイン、コサイン、タンジェント」

「勉強してたの。えらいね」

あんたみたいになりたくないもの。彼の胸元に手を突きだした。

「ちょうだい」

「あとでね」

後藤は犬のようにじっとあたしの顔を見つめた。鼻の頭に汗の粒が浮かんでる。

「会いたかったよ」

たまたま学校の勉強ができて医学部に入れたというだけで、基本的にはものすごくばかな男なのだと思う。だから医者にもなれなかった。あたしはその場でスカートを捲《まく》ると、汗でぴったりと身体に貼りついたパンティを膝《ひざ》まで下ろし、汚さないよう大きく拡《ひろ》げて靴を抜いた。それを後藤に押しつけ、社《やしろ》へと歩きだす。後藤があとからついてくる。犬だ。首輪がお似合いだ。

社のなかはいくぶん空気がひんやりとしている。そうじゃなくても窮屈そうな後藤のジーンズの股間《こかん》が、はちきれそうに膨らんでいる。でぶ。暑苦しい男。後藤は脱皮でもするように苦しげにジーンズを下ろしながら、

「いつもの見せて」

「とっととすませてよ」

彼は待ちきれないようすであたしの手首を握ると、手をスカートの下に入れさせた。彼の湿った指先が、一瞬あたしの陰毛に触れた。背筋がぞわついた。膝を立て、股間を突き刺すような彼の視線を感じながら、クリトリスをさすりはじめる。

「ね」

後藤の猫なで声。

「いいの？」

「気持ちいいよ」

「いつもしてるの？」

「してるよ。授業中もこっそり」

「塾でも？」

「してるよ。気づかなかった？」

「ああ」

後藤も懸命に自分を擦《こす》っている。動きが速まる。

「もっと激しく。乱れて」

従った。早く終わってもらいたかった。社のなかの気温がどんどん上昇する。あたしの体温だろうか。暑い。顔の真ん前で、後藤のペニスが涎《よだれ》を垂らしている。あと、もう少し。視線を背けた。

「ああ、もうだめ」

終わった。そう思って肩の力を抜いた。後藤の身体が重たくのしかかってきた。唇を重ねられた。突然のことでかわせなかった。

「だれがそんな……約束が違う！」

あたしは怒鳴った。後藤はひるまなかった。この男のいったいどこにこんな激しい欲情が渦巻いていたんだろう、と驚いた。後藤は割れた声であたしの名を連呼した。なぜだろう、そのときあたしの脳裡《のうり》に浮かんだのは、瀧に打たれて一心に祈りの文句を唱える母の姿だった。彼女の瀧行《たきぎょう》など見たこともないのに、細部までくっきりとして、まるで本物の記憶のようだった。後藤はすっかりあたしを押さえつけて、顔や首筋の汗を舐《な》めている。スカートが回って、ポケットのペンダントが腰の下敷きになっている。痛い。耐えがたいほど痛かった。

「水峰様」

母の声が聞こえた。急に後藤の舌の動きが止まり、同時に何倍にも重たくなった。じっとりと湿ったその身体を足で蹴《け》って遠くへ押しやる。ほっとして祭壇を背に膝を抱えた。瞼《まぶた》を閉じる。蟬の声が、後藤の連呼が、渡辺の言葉が、母の祈りが、耳元に近づいてはまた遠ざかる。やがて渾然《こんぜん》となって、テレビのノイズに似た響きの底に沈んでいく。瞼を開けた。扉の格子《こうし》のあいだから、きらきらとした輝きが見えた。また砂だ。もっとよく見てみたかったが、鮮血にまみれてあたしを見返す後藤の顔が気持ちわるくて、そこに近づく気になれなかった。

格子柄の陽射《ひざ》しが床に転がった鉄の燭台《しょくだい》に達し、やがて後藤の頭を囲んだ血溜《ちだ》まりに届いた。渡辺の、男としては赤い唇の色を連想して、あたしは渡辺が好きなのかもしれないなあと思った。後藤を見ないようにしながら、思いきって社の外に出た。砂は静かに降りつづけてる。境内の隅の電話ボックスに入った。１０４で渡辺内科医院の電話番号を訊ねて電話した。受付の女に学校と名前を告げると、自宅の番号を教えてくれた。かけなおした。砂は勢いを増して、ガラスを激しく打ちつけている。

「はい」

彼が出た。

「もしもし」

あたしは名前をいった。

「どうしたの、電話なんて」

「砂」

「砂？」

「頭のなかに入ってくるものの正体。気づいてた？」

「ああ、たぶん」

「外、見える？」

「見えない。カーテン閉めてる」

「開けてごらんよ」

「厭だ。ドアにも鍵《かぎ》掛けてる」

電話ボックスのなかはとても暑かった。胸の谷間に汗が溜まってる。ブラジャーのホックを外し、ドアをすこし開けて片足を外に出した。スニーカーの上に砂が溜まって灰色の小山をつくる。

「……からは逃れられない」

「なに？　聞こえなかった」

「夜間飛行」

彼はアクセントをつけず、機械的な声でいった。なにかの暗号のようだった。

「ヤカンヒコウ？」

「ああ」

「なにそれ？」

「ゲランの香水。母さんがつけている」

「ふうん」

なあんだ、砂じゃないのか、とあたしは白けた。じゃあきっと、ずっと彼との距離は変わらないんだろう。

「でももう平気。さっきいいこと考えついたから。話ってそれだけ？」

「うん。さようなら」

「さようなら」

あたしは受話器を置いた。林を抜けて石段の上に出る。街を見おろして、立ちすくんだ。低い土地はすでに砂で覆《おお》いつくされていた。港が広大な灰色の砂浜になっている。工場の三角屋根も港湾団地も半分埋もれている。あたしの家も、塾も、もう見えない。砂の下だ。

空に大きな暗雲が浮かんでいた。筋状に漏れた陽光が、沈みかけた街を不均一に照らしている。渡辺が始業式に学校に来れないといっていたのは本当だった。これじゃあ誰も来れない。いつも一番の彼だから、まっさきに気がついたのかしら。

（お母さん、そうなんだよ）

やっぱりあたしは二番め。仕方がないの。肩や頭の砂を払いながら、街が埋もれてゆくさまを眺めていた。四階建ての学校の校舎も、残すは時計塔と屋上のフェンスだけ。砂山は絶えず自分の重みで崩れながら、静かに半径を拡げている。石段も半ばまでしかない。

後藤のことを思い出して、社へと引き返した。境内も今や砂場だ。後藤の重たい身体《からだ》を引きずって、杉林のなかを進んだ。蟬たちはまだ哭《な》いている。無数の複眼があたしを見おろしていた。埋もれて形を失いつつある石段の頂上から、あたしは後藤を蹴り落とした。後藤は砂の斜面をしばらく転がって、中途半端《はんぱ》な場所で動きを止めた。けれどそのうち砂が隠してくれる。

後藤を引きずった跡もとうに消えている。あたしの足跡もない。街も、母も、後藤も、渡辺も、みんないなくなった。あたしももうあたしでいる必要はない。どっちにしても遠からず砂に埋もれて消えてしまう。灰色の空、灰色の地表。大きく伸びをした。

急にあたりが明るくなった。参考書の並んだ本棚、青いベッドカバー、壁に貼《は》られた円形の日程表。あたしの部屋だ。視線を感じた。じっとあたしを見つめる、睡眠不足気味らしい血走った眼。

（あたし？）

あたしがあたしの世界を持ち上げる。巨大な指さきが円筒形の世界を覆う。砂時計。

そうか、そういう夢をあたしは見てるんだ。

「なあんだ」

声に出してつぶやいた。起きたとき覚えていたら面白いのに。外側のあたしは砂時計を凝視したままだ。時計を反対にする瞬間を待っているのかしら。外側のあたしが世界から指を離す。鞄《かばん》を膝に置いて、なかから携帯電話を取りだした。耳にあてている。電話なんか鳴ってないのに。かけてくる相手なんかもういないのに。

え？　どうして今、そう思ったんだろう。

砂は途切れていた。あたしは首までしか隠れることができなかった。外側のあたしはまだ、電話を相手になにか話している。

(神社に行っちゃだめ。思い出してはいけない)

冷たい汗が全身からふきだす。砂がべったりと身体に張りつく。砂から這《は》いでるか沈んでしまうかしたいのに、どっちにも身動きがとれない。喉《のど》が渇いた。

「水峰様」

おもわず母の神様の名が口をついて出た。可笑《おか》しくなった。笑い声がガラスのなかをこだまする。意識が遠のいてゆく。でも外側にだけは戻りたくなかった。

屋上からずっと

十時四十五分。あたしたちはみらい島に置き去りにされる。

今日も定時《ていじ》きっかりに、東京に向かって無人のモノレールが走り去っていった。五年前、ここは海だった。都がゴミを埋め立てて小さな島をつくり、そのうえに三十三階建てのマンションを七棟建てた。

一時間に一本、地下鉄東西線と連結したモノレールがやってくる。基本的におとなたちの通勤用であって、あたしたち子供とは関係がうすい。

駅とつながった大型スーパーには駄菓子からパソコンまで揃《そろ》ってるし、学校も図書館もスポーツセンターも島内にある。まえはコンサートとか買いものとかで、よく東京にでかけていたとクラスのみんなはいう。けれど一昨年《おととし》、島に自治会ができて、少年の非行化を防ぐための独自の規則をつくり、それはじょじょに厳しくなって、いまでは島のそとにでるだけでも親の許可書がいる。

マンションは都が、年収が六百万から八百万の子持ちの家庭のみを対象に販売した。

どの棟《むね》も即日完売だったという。あたしたち家族は千駄ヶ谷《せんだがや》の公団にずっと住んでいて、その取り壊しが決まったため、去年建てられたいちばん新しい棟を買う順番が繰りあがった。

新しい住まいに、自分の部屋も持てたけど、あたしはあんまり嬉《うれ》しくない。まえの友達とはすっかり疎遠《そえん》になってしまったし、新しい友達は、一年も経《た》つのにまだできない。毎日の会話といえば、共働きになった両親との義務的な挨拶《あいさつ》だけだ。父母のあいだにもそれ以上のやりとりが交わされてるようには見えないけれど、母さんのおなかにはいま、四か月になる赤ん坊が入ってる。こんなときに、と口癖のようにいう。だったらつくるな。

十時四十五分をすぎると、窒息しそうな胸苦しさをおぼえる。今日もパジャマのまま屋上にあがった。三十三階でエレベーターをおり、廊下の突きあたりの重たい鉄のドアをあける。打ちっぱなしのコンクリートの壁と階段がつづいている。このマンションの本音の部分のような気がして、不思議なほど安心して先へ先へとあがっていける。またドアがある。立ち入り禁止と書かれたそれを押しひらく。屋上は一メートルぐらいの高さのフェンスで囲まれているけど、あたしを包む暗い空はどこまでもつづいている。

大きな月がでている。目をこらすとクレーターまで見えそうだ。両腕を伸ばして深呼吸した。海側のフェンスの端に、ちいさな赤い輝きが揺れていた。ビルの四隅についていてる非常灯の、捨て子みたいだと思った。煙草《たばこ》の火。先客がいるようだ。

あたしはその輝きとは反対のフェンスに近づいた。下を見た。道路も公園も強力な街灯に照らされ真昼のようなあかるさだ。米粒ほどの人間が二、三、通りを歩いていた。フェンスから上半身を乗りだし、唾《つば》を吐いて落として遊んだ。米粒のひとつが立ちどまる。

悪寒《おかん》が走った。背後に人の気配があった。地上の景色がぐんと近づいた気がした。ふりかえった。あたしと同い年ぐらいの男の子だった。背はひょろっとして高いが、童顔のかわいらしい顔をしてる。何度かエントランスで見かけたことがある。いつもスウェットの上下だ。

「こんばんは」

あたしはほほえもうとした。臑《すね》に痛みがはしった。蹴《け》られた。あたしはその場にうずくまった。

「なにするの」

叫んだら、掌《てのひら》で口をふさがれた。目が合った。大きく見ひらかれた無表情な眼《め》。この人、おかしい。あたしはその手を噛《か》んだ。

「いてえ」

胸に張り手をくらった。尻餅《しりもち》をついた。彼が上に乗ってきた。両手を胸の上で抑えつけられる。懸命に力をこめたが動かせなかった。この細い身体《からだ》のどこに、こんな力があるんだろう。

「やめてよ」

彼はあたしの手をひとまとめに握ったまま、反対の手でカッターナイフをだして刃を喉《のど》にあててきた。唾を飲んだ。

「脱げ」

両手を解放されたが、抵抗する気をおこさせないような凄《すご》みが彼の声にはあった。あたしはパジャマのボタンをはずした。

「下も」

あおむけのままでズボンをさげた。喉元にはずっと刃の感触がある。すこし切れてるかもしれない。あたしは夜空を見た。クラスの中で五番目ぐらいにバージンを失いたいと思ってた。でも、これはちょっと違う。

パンティの脇《わき》が切られたのを感じた。反対も切られた。お尻が直接コンクリートに触れた。冷たさに下半身がこわばった。

「ねえ、どうして」

映画みたいにパンティを口に押しつけてきたので、あたしはそれをくわえた。彼が片手でズボンを降ろすのが見えた。あたしのうすい陰毛に彼の突起物がこすれた。腿《もも》に、おしりの穴に、膣口《ちつこう》に、怒りくるったようにぶつかってくる。顔を見たら、まるで迷子の子供のような表情をしていた。

「ちくしょう」

　とつぜん彼が身体を離した。股《また》がすうすうして冷たい。手をあててみた。おしっこを漏らしたように濡《ぬ》れていた。指さきを顔に近づけると、青い木の実のようなにおいがつんと鼻孔《びこう》を突いた。どうやら、犯されずに済んだらしい。口からパンティをだして股間《こかん》を拭《ふ》いた。パジャマを直して立ちあがった。彼は離れたところで後ろ向きに体育座りをしていた。煙草を吸ってるようだ。

　その背中に話しかけた。

「名前、なんていうの？」

「ユウジ」

「ふうん」

「おまえは」

「明日香。いくつ」

「十五」

「あたしのいっこ上だ。じゃあ、あそこ行ってんの」

　彼の横にしゃがんで、学校の方角を指さした。彼はちらりとそちらを見、首をふった。

「おもしろくないからやめた」

「そんなことできるの」

「……うるせぇ」

彼のものいいにすこしむっとした。

「なんで、こんなことしたの」

彼の肩に手をかけた。彼の身体がびくっと動いて、唇から煙草が落ちた。

「したことないくせに」

彼は黙っていた。登校拒否児。あたしを襲おうとする勇気はあるくせに。なにか彼にいわなきゃいけない気がして、口をひらいた。だけどなにをいえばいいのかわからなかった。しばらく沈黙がつづいた。彼はため息をつき、

「みんなゴミ。ゴミなんだよ」

空を仰いだ。月が冷ややかにあたしたちを見下ろしていた。

彼を屋上に残して部屋に帰った。トイレの前で母さんとすれ違う。母さんはあたしを不思議そうに見た。

「どうしたの」

「え？」

「鼻歌なんて歌って。早く寝なさい」

いじめの標的だった青木がいなくなって、みんな緊張してる。ゲーム・リセット。また新しい駒《こま》選びがはじまる。あたしたちはおなじ年齢で、おなじ制服を着、おなじマンションに住んでいて、親の生活水準もいっしょだ。おなじかたちの駒。今日もおたがい必死で間違い探しをする。

きのうのヒッパレ見た？

お小遣い、月いくら？

お母さんて、うざいよね。

冬休み、なんか予定ある？

彼氏とどこまでいったの。

どうして新しいシューズ履いてんだよ。

数学の野上、殺したいと思わない？

昼、学食いくだろ。

近藤先輩、かっこいいよ。

あたし生理、月中なんだよね。

放課後、カラオケいかない？　やっぱ、アムロ歌っちゃうでしょ。

シャンプー、なに使ってんの？

カンペン新しくしたの？ミッフィじゃん。ミッフィ可愛《かわい》いよ。

あれ何面までいった？

体育マラソンだってよ。えーいっしょに走ろうよ。

午前の授業が終わった。美奈《みな》が最初に間違いを発見した。そういうことがけっこう多い。美奈はこのクラスになって二か月だけ、駒だった。ほかよりすこし綺麗《きれい》な駒。やがて二週間ほど休んで、髪を茶色く染めて登校してきた。最初はみんなが嗤《わら》った。そのうち彼女が三年生らとつきあいだすと、だれも逆らわなくなった。もちろん、あたしもだ。いじめられた経験があるからか、彼女は巧みにゲームを進行させていく。

「敦子の英語の発音って正確だよね」

「うん、いつも朗読させられるよな」

男子のリーダー格の戸田がいった。彼の身体は大きい。男子生徒の場合、腕力が重要なのかもしれない。彼の気持ちも決まったようだ。敦子はハンカチに包んだ弁当箱を握りしめ、小鳥のように首を動かしている。

「本格イングリッシュってやつですか」

と、戸田の子分の木村。

「もしかしてハーフだったり」

須藤《すどう》がいった。隣の席の敦子とはとくべつ仲がいい。あたしと同じ棟に住んでる。母親がＰＴＡの副会長だ。家では母親の、学校では戸田のおもちゃ。

「まさかぁ。それにしては身体に凹凸がないじゃん」

美奈が敦子の席に近づいた。敦子はもう逃げられない。籠《かご》に追いこまれた。

「ねえ、敦子、あんたハーフなの？」

「……いいえ」

敦子がつぶやいた。椅子《いす》から立ちあがろうとする彼女の肩を、美奈の手が押さえた。顔を覗《のぞ》きこむ。

「ウォーターのことワラーっていうんだよね」

戸田たちも彼女を囲む。

「ねえ、ワラーっていってみてよ」

クラスじゅうがどっと笑う。敦子はうつむいて唇を嚙んでいる。戸田が敦子の手から弁当箱を奪う。ハンカチをほどいて、蓋《ふた》をひらいた。

「どうしてご飯なんだよ？　ハーフならパン食えよ」

弁当箱を床に落とした。あたしの机の足もとに、蛸《たこ》の形に切った赤いウインナーが転がってきた。これ、きっとあたしの弁当箱にも入ってる。みんなの弁当箱にも入ってる。おなじスーパーで母親が買った、おなじウインナーだ。なぜだか敦子に対して腹がたった。敦子はいまにも泣きだしそう。泣けばいい。早く泣け。あたしの気持ちを代弁するように、美奈がウインナーを拾って彼女に投げつけた。

「知ってる。横文字のものじゃないと敦子は食べないんだよ。たとえば、これ。ウインナー」

「これやるよ。コロッケだ。食えよ」

木村がだれかの弁当箱からコロッケをつまみ、敦子にぶつけた。頭にぶつかったのが合図だった。

「じゃあ、これ食える？　イレーサー」

「チョークは？　かりかりしておいしいかも」

「ボールペン、やるよ」

いろいろなものが敦子にぶつけられる。教室に安堵《あんど》の空気がひろがる。すくなくともあと一週間は、敦子以外のみんなの安全が保障されたのだ。敦子はうずくまって泣いている。彼女の嗚咽《おえつ》は笑い声にかき消される。あたしも笑っている。

「どこ行くの？」

玄関で靴を履こうとしているあたしに母さんがいった。

「ちょっと」

とあたしが答えると、母は変な顔であたしを見た。

「すぐ帰るよ」

「あんたたちはもう、なにを考えているんだか。母さんなんか身重をおして仕事してるっていうのに」

この場合のあんたたちとは、あたしと父さんのことだろうか。あたしはユウジとセックスしてみようと思ってる。青木とか敦子みたいにはなりたくない。けれど戸田や美奈の同類になるのもいやだ。なにかを変えなければ、という強迫観念にとりつかれてる。母さんにわかるわけがないよなと思う。あたしだって母さんがなにを考えてるのかわからない。あたしの生活を支えてくれてる以上の、いったいなんなのかも知らない。1726号室の鍵《かぎ》を持ってて、よくエプロンをつけてるのが母さん、髭《ひげ》をはやしてるのが父さんだ。

「早く帰ってきなさいよ」

母さんは欠伸をしながら居間のほうにいってしまった。彼女のあたしに対する関心はその程度だ。うん、とあたしはうなずいたけど、そんな気はさらさらない。どうせ島からはでられないのだ。

サンダルをつっかけてエレベーターに向かった。三十三階までをこんなに長く感じたことはない。半分ひらいたエレベーターのドアをくぐり、階段をかけのぼる。立ち入り禁止のドアをあける。ぎいい、という軋《きし》みにフェンスの前の人影がふりかえった。

「やっぱりきてた」

彼に近づく。

「今日は蹴飛《けと》ばさないでよ」

「ごめんていいにきたんだ」

ユウジは頭をさげた。

「なんか、むしゃくしゃしてて」

「あたしも。みんなもだよ。いつもなに見てるの？」

ユウジは海のほうを指さした。あたしもフェンスに近づいて海を眺めた。遠くに東京のネオンが見える。まっ黒な波間に月が映って震えてる。風が冷たい。くしゃみがでた。

ユウジが笑った。あたしは彼にいった。

「こないだの続き、してみない」

「いいけど、いいの？」

「いいよ」

あたしはセーターを脱いだ。ユウジの手があたしの脇腹に触れる。あったかい、と彼がいった。彼の顔が近づく。唇を吸われた。煙草《たばこ》の味がする。彼を見つめながら、スカートを捲《まく》りパンティをおろして、足を抜いた。彼が唾液《だえき》を飲む音が聞こえた。彼のスウェットパンツのゴムを引っぱって中身を覗きこんだ。ブリーフが大きく張っていた。父さんのと違うなと思った。最後にいっしょにお風呂《ふろ》に入ったのはいつだっけ。ブリーフに手をつっこんで、

「想像してたのと違う」

といったら、ユウジはまた笑った。

「おれも見たい」

あたしは股をひらいた。彼はひざまずいた。頭がスカートのなかに入ってきた。髪の毛が腿に触れて、くすぐったかった。

「よく見えない」

あたしはコンクリートに座って脚をひろげた。彼は四つん這《ば》いになって股間に顔をうずめてきた。指さきが襞《ひだ》をめくる。いつまでもそうしているので、心配になってきた。

「どっか変？」

「わかんない。ただ明日香のここってナディアに似てる」

「ナディアって？」

「アカジムグリっていう品種の蛇。おれの友達」

蛇になんか似てるっていわれたの、初めてだ。あんまりいいイメージじゃない。あた

しは黙った。彼は慌《あわ》てて言葉をつづけた。

「かわいいんだぜ。いまはまだ三十センチぐらいしかないけど、大きくなったら七十センチぐらいになるんだ」

「ふうん。お尻《しり》が冷たくなってきた」

彼は立ちあがった。あたしも彼の腕につかまって立ちあがった。彼に背を向けてフェンスをつかんだ。

「入れてみて」

お尻の割れめにペニスがあたる。入口を探してる。あたしは後ろ手に彼のペニスを握り、膣口《ちつこう》に誘導した。瞼《まぶた》を閉じた。ぐりぐりとペニスをねじ込まれた。粘膜が裂けてく。う、と呻《うめ》いて彼の身体《からだ》が離れた。意外と一瞬だった。だけどしばらく動けなかった。身体の唇を噛《か》んで、フェンスをつかんだ手に力をいれた。彼の手があたしの肩をつかんだ。

まんなかにぽっかりと孔《あな》を穿《うが》たれたような気がした。瞼をひらいた。だんだん力が抜けていく。足がふらついた。海と空、上下の月が歪《ゆが》んで見えた。自分がどこにいるのかわからなくなった。彼の顔があたしの顔を覗きこむ。

「友達、なんて名だっけ」

「ナディア」

「見てみたい」

「いいよ。それより、痛かった？」

「うん。ずきずきする」

太腿《ふともも》に手を這《は》わせ、掌《てのひら》をみると、まっ赤だった。彼に見せた。

「血」

と彼がいった。

「いっぱいでた？」

脚を血がつたっていくのがわかる。

「ううん、ここから飛び降りたら、きっともっとたくさん流れる」

そういって下の道路を見おろした。彼もフェンスに肘《ひじ》をついた。

「でも、あそこを越えたら流れないよ」

細い道路の向こうの、ぐるりと島を囲んだコンクリート塀を指さす。そのさきは海だ。

「あそこを越えて海に飛びこめたら、天国にいけるって決めてるんだ」

ひとり言のようにいって、ポケットから煙草をだした。


あれから毎晩ユウジと会ってセックスしてる。初めの二、三回は痛かったけど、いまは気持ちいいとは思わないまでも痛くはない。ナディアにも会わせてもらった。ユウジの首に巻きついた赤茶色の濡《ぬ》れた身体。ちろちろと彼の顔を細い舌が舐《な》める。彼女はとてもいやらしくて、なぜだかあたしは嬉《うれ》しかった。

学校では相変わらず敦子がいじめられてる。あたしにはそれを止める力はない。そのさまを見ないようにして、ユウジのことを考えて違う世界にトリップすることはおぼえた。

その夜、あたしたちは二度身体を重ね、もうひとつの秘密について話していた。

「フェンスの上に立てばいいんじゃないかしら」

「でも幅がそうとう狭いぜ。風も強いし」

「そっか、そうだよね」

ユウジの身体に包まれて、海を見つめる。天国ってどんなところだろうと考えて、くすりと笑ってしまった。天国なんて、きっとない。なにもない。学校も、家も、なにもない。無だ。いまとどこが違うっていうんだろう。どうでもいい。

「……ユウジもいない」

え、とユウジがきき返した。

「ううん、なんでもない」

あたしはかぶりをふった。どうせ長くは続かない。ユウジが島の高校にあがるとは思えない。そのうちモノレールに乗って消えてくんだろう。ナディアを連れて。あたしはナディアがそうしてたように、彼の首に腕を巻きつけた。キスをねだった。彼はパジャマのなかに手を入れてきた。乳首をつままれた。

「もういっかいして」

自分でズボンを降ろして、お尻を向けた。彼の手がそれを、いとおしげに撫《な》でる。

「キスして」

お尻のくぼみにキスされた。ずっとこのまま、ユウジとセックスだけしていられればいいのに。

「どうして欲しいの？」

「クリトリス、触って」

ユウジの手が脚のあいだに入ってくる。あたしのいちばん感じる部分に触れる。ああ、と自然に息が漏れた。

「前向いて」

あたしは従った。彼は膝《ひざ》を立て、左手であたしの髪をひろげ、右手でクリトリスの皮をめくった。まるで祈りを捧《ささ》げているみたいだった。彼の吐息がかかるたび、温かい液が膣《ちつ》の奥から沁《し》みだしてくるのがわかる。彼の舌がむきだされたあたしにふれる。

「入れてよ。お願い」

腰をくねらせた。彼は入ってきた。単調な動きをくりかえす。

「……気持ちいい、すごく」

彼が呻くようにいう。セックスしてるとき、あたしはいやなことを忘れられる。怖いものもなくなる。ちっぽけな存在のあたしだけどそのあいだだけは、ユウジに幸福を授けられる、女神、女王、そういう絶対的な何者かに変身できる。ナディアにだって負けない。あたしの中心にはそういう力が宿っている。

「ああ、いく」

彼が果てる。あたしの心は満たされる。

「よかった？」

「いま、いいこと考えついた」

まだ息の整わない彼がいった。

「棒高跳びの要領でやればいいんじゃないかな。物干し竿《ざお》を使ったらどうだろう。ちょっと待ってて」

彼はズボンを引きあげると、唖然《あぜん》としているあたしを残して鉄のドアの向こうに姿を消した。ほんとうにやる気なんだろうか、と自問したけど、その答えをあたしは知っていた。彼はやる。だって彼はおかしい人間なんだから。会ったときからおかしかったし、今だっておかしい。

「あーあ、どうしよう」

ひとり言が闇《やみ》に溶けていく。母さんと父さん、あたしが自殺したらどう思うだろう。弟か妹かができるから、育児にかまけてすぐに忘れちゃうんだろうな。クラスメートのあいだでも、しばらくは話題にのぼるだろう。でもそんなのすぐに消える。べつになにも変わらない。ユウジがいなくなったら、セックスできなくなったら、つまらない。じゃあ、あたしもいっしょに死ぬのかしら、と他人事みたいに考えた。

ユウジが戻ってきた。物干し竿を抱えていた。コンクリートに置いて、腰をたたく。

「大変だった」

誇らしそうにいう。

「ほんとに？」

あたしは物干し竿を見ながらつぶやいた。その言葉が聞こえたのか聞こえなかったのか、わからない。彼もつぶやいた。

「おとつい死んだよ、ナディア」

知らなかった。きのうもおとついも会ってたのに。彼のことなにも知らないんだな、と思った。あたしの心を見透かしたように、

「おれのこと好きか？」

と彼がいった。

「うん」

「いっしょにいいのか」

「うん」

「やならつきあわなくていいんだぜ」

「いいんだよ」

「そっか」

彼の手が伸びてきて、あたしの髪をくしゃくしゃにする。あたしにこんな笑顔を向けてくれる人は彼以外にいない。彼はポケットから白いマジックをだし、屈《かが》んでぎこぎことコンクリートに線を引いた。

「それは？」

「ここに棒をつく」

彼は煙草の箱をだし、一本を口にくわえて火をつけた。

「この線より手前すぎてはいけない」

彼の煙草がじりじりと短くなってゆくにつれ、あたしの心臓は高鳴ってゆく。

「さてと」

彼は煙草を口から落とし、足で踏みつぶした。あたしの心臓も一緒に踏みつぶされたみたいに、きゅっと痛んだ。こっち、見ろ、と彼に念を送った。だけど彼はそ知らぬ顔で、歩数を数え、屈伸運動をはじめた。セックスより楽しい？　彼にききたかったが、うまく声がでない。ふと思いだしたように、彼が顔をあげた。あたしのそばにきて、そっと頬を撫でる。

「じゃあな」

彼がいった。彼のスウェットをつかもうとしたけど、あたしの指さきは空気をつかんだだけだった。喉《のど》がからからに渇いてる。頭のなかではユウジの名前を叫んでるのに、声にならない。彼は物干し竿をかかえて反対側のフェンスまで進んだ。

助走が始まる。初めはゆっくりと、そしてじょじょに身体が前屈みになる。あたしは映画でも眺めるように、彼の姿を見つめていた。白線をすこし越えたところに物干し竿の先が触れた。竿がしなる。彼の身体は浮かんだが、竿は弧を描いたまま直線に戻ろうとしなかった。右足がフェンスに引っかかった。頭から落ちていった。彼は片手を必死で上へと伸ばそうとしてるみたいだった。月に向かって。

「あ、ねえ」

思いがけず、それだけが声になった。

「ユウジってどう書くの」

それから、彼が消えた淵《ふち》までいってみた。下を見た。ユウジの身体が、道路に落ちているのが見えた。小さなゴミみたいだった。

遠くから、モノレールの発車ベルが聞こえる。たぶん最終のベルだ。足もとに煙草の箱が落ちていた。拾ってみると、なかにはライターも入っていた。一本をくわえて、火をつけた。煙を吸いこんで、むせた。我慢してもうすこし吸った。ユウジの味。

どうやって鉄のドアをあけ、階段をおりたのか、よくおぼえてない。気がつくと、あたしはエレベーターに乗っていた。エレベーターのドアがひらく。もう十七階についたのだろうか。降りようとして、だれかにぶつかった。

「藤井」

苗字《みようじ》を呼ばれた。須藤だった。

「ここ、三十階。おまえの家、十七階だろ」

「ああ、そうだった」

ふたたびエレベーターのなかに押しこまれる。須藤はあたしの顔を覗《のぞ》きこんで首をかしげた。

「どうしたんだ」

「ううん」

「おまえも見たのか？　また人が落ちたよな、いま」

「うん」

「もしかして、おまえ……」

須藤はそれきり黙りこんだ。

あんなことがあったのに、朝はやってくる。目覚まし時計は、いつもとおなじ時刻に鳴った。あたしはのろのろとベッドから起き、ダイニングテーブル越しに父さんと向かいあって座った。ひと言も会話せず冷たいトーストを一枚食べた。いってきます、とひとり言のようにいって学校に向かう。

一階のエントランスにはゴミ袋をさげたおばさんが何人かいて、井戸端会議をしていた。ユウジがいなくなっても、あたしのまわりはなにも変わらない。

「……のとこの、ユウジくんが……」

という声が聞こえた。あたしは、おはようございます、といつものようにおばさん連中に会釈《えしやく》をした。

学校についた。下駄箱の前で敦子にあった。

「おはよう」

あたしがいうと、敦子はふふふと笑い、あたしの肩をこづいた。彼女のあとから教室に入った。ざわついていた室内が静まりかえった。美奈が近づいてきた。あたしの耳もとで、

「人殺し」

といった。あたしはようやく、自分が敦子からバトンを渡されたことに気がついた。美奈を押しのけ、鞄《かばん》を置こうとして座席に向かった。机はなくなっていた。代わりに戸田が立っている。その後ろには須藤と木村もいた。須藤があたしを見て、にやにやと笑った。

「怖えーよな」

「やめて」

戸田があたしの頬をなでた。ユウジが最後にふれた場所。

あたしは大きな声をだした。

「生意気なんだよ」

頬を張られた。

「警察や先公にちくっちゃおうよ」

美奈が叫んだ。嘘《うそ》ばっかり、とあたしは思った。こいつらは絶対、おとなにはいわない。大事な駒《こま》は、いつも手もとに置いておきたいんだ。

「あたし、まえから藤井って気持ちの悪いやつって思ってた」

美奈は聞こえよがしに、隣に立っている敦子に話しかけた。ふたりとも唇を歪《ゆが》めて笑ってる。まわりを見ると、クラスじゅうが同じ表情であたしを見ていた。無意識に同じ顔をつくろうとしてる自分に気づいた。腹がたった。

「いっつも人の後ろにいて目立たないようにしててさ、家に帰ってから藤井の顔、思いだせる？　できる？」

「できなーい」

敦子が楽しそうに身体《からだ》をよじる。美奈に媚《こ》びを売る。あたしにはあんなふうにできない。したくもない。

「藤井さ、幽霊みたい」

「はは、幽霊か。だったらなにしてもいいな」

戸田が嗤《わら》った。

「処刑」

どこからか声があがった。声のした方向を見たけれど、みんな同じ顔で、だれがだれだかよくわからなかった。

「処刑だ」

戸田がくりかえして、あたしのスカートを捲《まく》った。両手で押さえようとすると、こんどは木村と須藤がスカートをつかんで上下にあおいだ。

「ピンクだ」

「臭え」

「幽霊のくせになんでにおいがあるんだよ」

戸田が鼻をつまんでじっとあたしのパンティを見つめてる。壊れる。ユウジとの思い出。涙がでてきた。

「泣いてんのか、幽霊のくせに」

「これで拭《ふ》いてやれば」

美奈が雑巾《ぞうきん》を投げつけてきた。胸にあたって濁ったしぶきが顔にかかった。落ちた雑巾を戸田が拾って顔に押しつけてくる。すえた油のにおいがした。思わず戸田の手に爪《つめ》をたてた。

「なにすんだよ」

須藤と木村に両腕を押さえつけられた。戸田が雑巾を持った手であたしの顔を殴る。雑巾の端が口のなかに入って、苦い味がした。ぐげえ、という自分でもびっくりするような声をたてて、あたしはスカートに嘔吐《おうと》した。朝食に食べたトーストがかたまりででてきた。

「汚ねえ」

三人があたしから身体を離す。トーストのかたまりがゆっくりとスカートを滑って、床に落ちた。嘲笑《ちようしよう》につつまれた。うずくまってスカートの裾《すそ》でそれを隠した。

「おまえも死ねばよかったんだ」

「人殺し」

「もっと泣け」

あちこちから蹴飛《けと》ばされた。頭をかかえ、身をかたくして耐えた。目をつむってユウジの姿を脳裡《のうり》に描いた。パーツごとに、細かく……瞳《ひとみ》、唇、喉ぼとけ、胸板、指さき、爪……ペニス。ユウジが後ろから入ってきて腰を動かすと、陰毛がお尻の穴にふれて最初はくすぐったい。でもそのうち彼を包みこむ粘膜の感覚しかなくなって、そこだけべつの生きものみたいに熱くなって、あたしは命令してないのにくちゅくちゅと声をだしたりペニスに絡《から》みついたりする。涙がとまった。まるでユウジの荒い吐息が、いまにも耳朶《みみたぶ》に届きそうな気がして、身体のあちこちにはしる痛みを、あたしはしばし忘れた。

「人殺しって、どういう気分？」

戸田がしゃがみこんで、あたしの顎《あご》をいかにも汚げに指で持ちあげた。現実に引きもどされる。ユウジが去ってく。顔を制服の袖《そで》でぬぐって、戸田を睨《にら》んだ。

「なんだよ。その顔」

「いいよ」

「え？」

「教えてやってもいいよ」

戸田は驚いたみたいだった。声をだせずにいる。おかしくなった。あんたには、とくべつに、とあたしは続けた。

「電話でね」

そういって立ちあがり、教室をでた。

「逃げるんじゃねぇよ」

美奈の怒声が聞こえる。


「もうきてたの？」

戸田と須藤と木村が、立ち入り禁止のドアの前に立っていた。

「なんだよ。こんなとこ呼びだして」

「あんたたちもきてたんだ」

両脇の須藤と木村を睨むと、彼らは不愉快そうにあたしを見返した。

「いつも、三人。つるまないとなにもできない」

「生意気な女だ」

「そればっかり」

「だいたい入れないじゃないか」

ドアノブには針金が巻いてあった。戸田があたしに唾《つば》を吐いた。それをスウェットの袖でぬぐって、ポケットからペンチをだした。針金を切断する。

ドアをあけると、鉛色の空があたしたちを迎えた。ため息がでた。この空にくらべたら、あたしたちなんて、この島なんて、ほんの塵屑《ごみくず》みたいなもの。

屋上に、一歩踏みだす。夜風が気まぐれにあたしを抱きしめ、すぐにまた逃げていった。髪が頰にまとわりついた。それを払いながら屋上の中央まで駆けた。ユウジが消えていった場所は、すっぽりと青いビニールシートに包まれていた。冷たい空気のせいか、胸の底がきゅんと痛くなった。

「おいでよ」

ふりかえって、戸田たちに叫んだ。三人はもったいつけながら、重たい足どりで近づいてきた。

「話ってなんだよ」

戸田があたしの顎を引きよせる。あたしはその手をふり払った。

「まだ、わからないの」

このばか。心のなかで彼らを嘲笑《あざわら》う。

「おれたちも殺そうっていうのかよ」

「だったら、おまえ死ね」

「そうだ。ここから飛び降りろよ」

囲まれた。身体をつつかれる。その顔を、ひとつずつ眺める。どれも凡庸《ぼんよう》な顔。いまこのなかのだれが飛び降りしても、きっと結果は似たようなもの。

「いやだ」

あたしは答えた。

「だったらあと二年間、おまえはおれたちの奴隷《どれい》だ」

「それもいやだ」

「どっちかだ」

あたしは戸田の顔を見つめたまま、

「絶対いやだ」

戸田の拳《こぶし》が飛んできた。顔にあたって鼻血がでた。

「そらみろ」

「それだけ？」

戸田はまた拳を構えている。

「やっちまおうぜ」

三人から殴られた。両脚に力を入れて耐えた。あたしはいつのまにか笑っていた。三人が気づいて手をとめた。あたしはスカートを下に落とした。パンティは穿《は》いてない。

「な、なんなんだよ」

「口止めに身体使うっていうのか」

「いい根性してるじゃねえか」

口々にあたしを罵倒《ばとう》する。だけどどの目も、あたしの小さな茂みに釘《くぎ》づけになっている。あたしの力。早く見せてやればよかった。

「おまえはおれたちの奴隷だ、おもちゃだ」

どの腕にか押し倒され、どの手かがあたしの乳房を揉《も》みしだく。あたしはほほえみながら頭をふった。違う。あんたたちが奴隷になるの。

頭上には大きな月が浮かんでた。どんなに近く見えてても、けっして手が届かないもの。それをあたしは知ってる。六本の手が、全身をまさぐる。

笑いながらペニスのひとつを強くにぎって、あたしの力の源へと誘導する。最終モノレールの発車ベルが聞こえた。

十時四十五分。

清楚な午後三時

雲ひとつない青空を見ていたら、やるべきかまもるべきか、ずっともんもんとしてきたことがばからしくなったのだ。

でも、セックスは期待はずれもいいところで、オナニーのほうが百万倍気持ちがいいと思った。両親がベッドの下に隠しているエロ本を愛読して三年。しかし本に書いてあるように〝きらめきが見え〟だとか〝身体《からだ》が宙に浮いたように〟だとか〝いつまでも痙《けい》攣《れん》がとまらず〟といったことは断じてなかった。パズルのように凸と凹を組み合わせるものとしかあたしには感じられない。

もっとも〝ヴァギナは使いこんだ三十代ぐらいが快感のピーク〟らしいから、すこしでも早いうちから使いこんでおくにこしたことはないだろう。〝クリトリスの快感など比べものにならない〟し〝ヴァギナの快感は深く長くどこまでも続く〟のだ。

いやがうえにも期待は高まる。処女喪失なんて、あたしにはお気にいりのソックスのかかとが破れたくらいのことだけど、処女膜が外から見えない部分でよかったとは思う。

なにしろあたしは、全科目に優が三つついてもいいくらいの優等生だ。薬や万引きの誘惑にも耐えて、高校受験のための内申書対策にも抜かりがないというのに、処女膜が穴開きじゃあイメージダウンじゃないの。

教壇では古文の小林が『更級日記《さらしな》』を読んでる。死にかけてるような禿《はげ》だけど、子供は五人もいるらしい。こんなやつでも最低五回はセックスしている。いや、禿は強いというから意外とあなどれないかも。教師なんて貧乏で金のかかる娯楽には無縁だろうから、三段腹の樽《たる》みたいな女房とだって目をつむりながら毎晩二、三発やってるかもしれない。隣の部屋の子供を気にしながら。とか考えてたら小林と目があった。そうやって女生徒の顔を頭に焼きつけといて、あんた、女房とやってるときのおかずに使うんでしょ。きょうはあたしなんでしょ。

——宇佐見さん、話があります。

と、あたしは放課後の資料室に呼び出されるのだ。

——付属高へいきたいらしいが、ちょっと、なんだね。

小林は内申書らしきものを抱え、顎《あご》に手をあて渋い顔だ。

——どうにかしてやってもいいんだよ。

——え？

——秘密は守れるかな？

禿頭が後ろから午後の陽を浴び、ぴかりと光る。あたしはドアを目指して駆けだそうとする。腕を捕まれ、引き寄せられる。小林の身体はグリーン仁丹の臭《にお》いがする。

——なにするんですか。

大きな声をあげると、掌《てのひら》で口を塞《ふさ》がれる。袖口《そでぐち》のチョークの粉にむせかえる。首筋にざらりとした感触。舐《な》められた。全身の力が抜けてゆく。

——いい子だね。可愛《かわい》がってあげる。

小林はねっとりとした口調でいった。片手があたしのスカートの中に潜りこんでくる。あたしは悲鳴を飲みこみ、頭を振った。

「宇佐見さん」

誰かがあたしの名前を呼んだ。教壇に立っている小林だった。あたしは小林を睨《にら》んだ。

「どうしました？」

「なんでもないです」

睨みつづけていると小林は、ならいいです、と小声でつぶやき、あたしの視界から脱出するように黒板の隅に移動した。

(ほーら。後ろめたいことが、なんかある)

周囲の席を見まわした。手紙の交換をしてるやつらに、漫画を読んでるやつ、弁当食ってるやつ、鼻歌をうたってるやつ。みんな小林をなめきってて、とくに男子はやりたい放題だ。どいつもこいつもまだ勃起《ぼっき》も知らない幼児みたいな顔をして。でもあたし、知ってるんだから。毎日部屋の机の下でペニスしごいてるんでしょ。オナニーしてるんでしょ。なに使ってるの。こんにゃく？　伸びてぬるくなったカップ麺？　誰のおまんこ想像してんのよ。アイドル？　近所の女子大生？　それともクラスメート？　あたしなんてクラスで三指に入るくらいに可愛いから、きっとおかずにされまくってるわ。

（あたし、生《い》け贄《にえ》……）

瞼《まぶた》を閉じると、教室の真ん中に裸で大の字に横たわる自分の姿が見えた。そのまわりを男子生徒十九人がとり囲む。すもう部の小橋と坂上に両手両脚を押さえつけられる。委員長の、スタート、というかけ声とともに、みんなペニスをしごきだす。

――やめて。

あたしの悲鳴もむなしく、低能の大沼の身体が小刻みに震えだし白濁した液体が顔にふりかかる。そのあとは一斉だ。頭に胸にお腹《なか》に太股《ふともも》に、なま暖かい雨が降る。臭い。強烈に臭う。あたしは息を殺す。

苦しくなってきた。おもいきり息を吸いこみながら瞼を開けた。落ちつきのないまるい光が教室じゅうを走りまわっていた。前の座席の野田がペンケースの蓋《ふた》に日光を反射させて遊んでいた。

（野田、あんただって）

野田の顔はアバタだらけだ。たまりやすい体質なんだろう。無口なのはなにも考えてないから。脳味噌《のうみそ》は外見とは逆につるつる。

だけど、きのうあたしが選んだ相手は、でこぼこつるつるのこいつなのだった。もちろん愛なんて感じてない。好きか嫌いかも、よくわからないくらいだ。いかにも精力絶倫そうな男を選んだだけのこと。なにもいわず、なにも考えず、しばらくのあいだあたしの〝あんな実験〟や〝こんな研究〟につきあってくれさえすればいい。ノートの切れはしに「放課後。お城の裏」と書き、ちぎってまるめた。野田の背中をシャーペンの先でつつき、彼の机の上に放った。

お城とはラブホテルのことだ。高速道路の下に最近できた。ロシアのクレムリン宮殿のような屋根。てっぺんには星の絵のついた三本の旗がたってる。塀が白いのだって正門のとこだけで、建物の脇《わき》に入るとコンクリートがむき出しになってる。塀づたいに裏にまわるとどぶ川がある。ここに来るとあたしはいつも、教科書に載っている牛脂をかじる貧しいロシア人の写真を思いだす。

あたしがもしロシア人でも牛脂は食べないと思う。ロシア人に生まれたとしてもあたしはきれいに違いないから、肉体の力でどうにかするだろう。足首まで隠れるほどの毛足の絨毯《じゅうたん》を敷きつめた秘密クラブで、夜ごとの狂宴に出演するのだ。レエスのすけすけのブラとパンティに張りついたグレーの瞳《ひとみ》たち。あたしはわざと脚を広げる。ちょっとだけパンティの股《また》の部分を指でずらしてあげる。みんなピンクだと感激するわ。かわるがわるあたしの股間《こかん》に男が頭をうずめてきて、あたしのひだひだを舐めまわすの。

想像してたらあそこが熱くなってきた。まわりを見渡して誰もいないのを確認してから、スカートの中に手を入れ太股の付け根をさわってみた。でこっとした腫《は》れ物があった。虫にくわれたようだ。それを掻《か》いていると後ろから肩を叩《たた》かれた。驚いて手を出した。

「遅くなってごめん」

野田だった。まさかスカートに手を突っこんでいるあたしを見て、変な想像をしてないだろうか。顔がほてってった。

「違うの。虫にさされたの」

「え？」

どうやら野田は気づいていないようだった。

「ごめん。部活でれないって、先生にいってきたから」

野田の顔を見上げた。野田は夏休みの部活でまっ黒に日焼けしている。ほかの男子たちより頭ひとつ身体が大きい。なにかに似てると思ってたら、そうだよ、懐《なつ》かしの〝鉄人28号〃だ。じゃああたしは〃正太郎くん〃か。きょうは野田をどんなふうに操縦しようか。

「いこう」

あたしが命令すると、野田は神妙な顔をしてうなずいた。あたしのうしろからホテルの入口へとついてくる。


「だれにもいってないでしょうね」

部屋に入りソファに腰をおろして、開口いちばんに訊《たず》ねた。うん、と野田はあたしの顔もみず、隣でうなずいた。

「秘密がばれたら、この遊びはもう終わり」

野田はまた、うん、と答えた。

「きょうはなにしたい？」

野田は、うーん、と俯《うつむ》いて唸《うな》っている。

「あたしのどこを触りたい？」

まだ唸ってる。バカ。これがきのう寝た男なんだろうか。ホテルは二時間六千五百円。はんぶんこずつ出しても三千二百五十円。三千二百五十円あったら、ハーゲンダッツのアイスクリームが十三個も買える。あたしはブレザーを脱ぎ、ソファの背に掛けた。ブラウスのボタンを外した。

「こっち見て」

背中に腕をまわし、ブラジャーのホックをとった。ぷるんとおっぱいが飛びだす。野田がふたつのふくらみに手を伸ばした。あたしは乳房を両手でおおった。

「シャワー浴びてきて」

野田はすごすごとバスルームへと消えていった。これからなにしてみよう。とりあえずフェラチオにでも挑んでみようか。あれにはなんだか抵抗がある。エロ本に載ってた黒人のペニスをくわえた女の写真を思いだす。唇がめくれ、目玉はぎょろついて、ものすごくおもしろい顔だった。二重顎だった。しかし、メラメラと闘志がわいてくるのもまた事実。だって、あれよりいやらしいことってほかにあるだろうか。

タオルを腰にまき、野田がバスルームからでてきた。手招きして、ソファに座らせた。あたしは彼の股の間にわりこみ、四つん這《ば》いになってペニスを指でつまんだ。もう大きくなっていた。

「舐めてあげようか?」

顔を近づけてペニスの臭いをかいでみた。石鹸《せっけん》の香りしかしなかった。よしっ、と自分の心の中でかけ声をかけ、ぱくっとくわえたのと、ペニスが爆発するのと同時だった。

おどろいて精液を少し飲み込んでしまった。消毒液にも似た臭いがふたりのあいだに広がった。

「気持ち悪い」

あたしは両手に精液を吐きだした。しかし、どろりととろみのついたそれは舌に絡《から》まるようで、口の中はいつまでも変な味がした。人間という動物からでてきたものなのに、化学薬品みたいな味がする。新しい発見だ。イカ臭いと聞いていたけどそんなことはなかったから、味のことだと思ってた。好物の焼きイカの味を想像してたのに。どこがイカなんだ。

「ごめん」

野田が泣きそうな顔をしてあたしを見下ろしている。床に落ちてるタオルをあたしに渡しながら、

「でも、もういっかいできるから」

「なにか飲み物」

あたしがいうと、野田はふるちんのまま立ち上がり冷蔵庫からウーロン茶を一本もってきた。ソファに座り、彼の手からそれを奪いいっきで飲んだ。ふいに野田があたしに訊ねた。

「宇佐見、おれのこといつから好きだったの？」

あたしはウーロン茶を吹きだしそうになった。

「おれは入学したころから、宇佐見のこと好きだったんだ。小橋とか安藤もそうだった」

「そう」

「どうしておれかな、って思って。不思議だよ。なんで？」

簡単じゃない。あんたがいちばん素直そうで無口だったから。野田はタオルを腰にまわして、あたしの足元にあぐらをかいた。

「どうだっていいじゃない」

あたしはお尻《しり》を浮かしてパンティを脱いだ。

「気になるよ」

「野田くんこそ、あたしのどこが好きなの？」

「かわいいから」

「ふうん」

あたしはスカートを膝《ひざ》まで捲《まく》った。

「ほかには？」

「頭いいし」

股を少し広げた。野田の視線はあたしのそこに釘《くぎ》づけになっていた。

「ふうん。ほかは？」

「スカートの丈も標準だし。髪も染めてない」

「で、こんなことするなんて思ってなかったんだ？」

股の間に彼の顔を挟んだ。

「でも、おれだけだろう。きのう、血がでたじゃんか。おれ、大切にするから」

と彼は股の間で呻《うめ》くようにいった。なんだかやる気が失《う》せてく。

「入れて」

投げつけるようにいった。野田はベッドまで駆けていき、背中をむけて前屈《まえかが》みでがさごそとコンドームをはめているようだった。戻ってきた。両手で股間を隠してる。はあ、とあたしはため息をついた。野田は岩みたいなその顔をよりいっそう強《こわ》ばらせて、でかい図体《ずうたい》をあたしの身体《からだ》にかぶせてきた。ペニスがぐりぐりと膣《ちつ》の中に押しこまれる。ちょっと痛い。それに、うまく入らないようだ。野田は額に汗をかきながら、懸命にあたしに体重をかけてくる。

「重い。ちょっとタイム」

耐えきれずいった。しかし、野田はペニスの先っぽだけをいれたままへこへこと腰を何度か動かし、再び、うっ、と唸っていってしまった。あたしは野田の肩を蹴飛《けと》ばした。

「やめてっていったでしょ」

野田はテーブルにぶつけた頭をさすりながら、必死にあたしに謝っている。

「ごめん。ごめん。ごめん」

「……ああ、つまんない」

「ごめん」

つまんない、とあたしはもう一度いって、下着をつけはじめた。


玄関前に、籐籠《とうかご》のついた銀色の自転車が止まっていた。先週注文したやつだった。両親にねだって買ってもらった。

台所にいくと、母はガス台の上の鍋《なべ》を覗《のぞ》いていた。

「自転車きたんだね」

あたしが声をかけると、菜箸《さいばし》を床に落とした。それを拾いながら、

「お父さんが帰ってきたら、ちゃんとお礼いってね」

といった。あたしは前にいって、鍋の芋の煮っころがしをつまみ食いした。

「お行儀わるいわね」

「お腹すいちゃって」

「孝志《たかし》が居間でドーナツ食べてるから、あんたもそれ食べとけば」

「また、ドーナツ？」

こないだ母は『百円で作るおやつ』という本を買ってきた。パンの耳を揚げて砂糖をまぶしたものや、米を煎《い》ったものだの、どう見ても百円にしか見えないのだけど、得意になって作ってる。

「厭《いや》なら食べなくていいのよ」

あたしが居間へいこうとすると、うしろから、

「お父さん帰ってきたら夕飯だから、一個だけにしときなさいよ」

居間では小学生の弟の孝志が横になって漫画を読んでいた。鼻くそをほじってる。

「汚い」

とあたしがいうと、こちらをふり返った。額にまっ黒に汚れたバンドエイドをはっていた。

「ちゃんとティッシュに包んで捨ててよ」

頭を軽く爪先《つまさき》で小突くと、孝志はあたしのスカートの裾《すそ》に鼻くそをなすりつけた。悲鳴をあげた。台所から母がやってきた。エプロンで両手をふきながら、

「喧嘩《けんか》してるんじゃないわよ。お父さん帰ってくるんだから。部屋のなかかたづけておいて」

「お母さん、孝志ったらひどいの」

「わかったから、早くやってね」

あたしはむかつきながらも、卓上に置かれた新聞紙に手を伸ばした。孝志も漫画本を重ねている。目が合うと、舌をだした。

「孝志」

あたしが大声をだすと、母さんも大声をあげた。

「うるさい。ほんとにもう。お姉ちゃんはもういいから、お風呂《ふろ》に入って」

二階の自分の部屋にいき、制服をタンスに掛けた。パジャマを着て、風呂場にいった。裸になり浴室に入ろうとすると、洗面台の鏡にちらりと自分の顔が映った。綺麗《きれい》だった。あたしひとりが家族という団体から浮きでてしまうのも無理がないように思えた。だいたい自分の両親ほどセックスからかけ離れたイメージの人間はいない。父と母のからみなんて、ぜったいに想像できない。したくない。生まれたときからお父さんでありお母さんであったように思える。母は口癖のように「お父さん、お父さん」という。夕飯をつくるようにあたしと弟を作ったのかも、と思った。

掛け湯をして湯船につかった。瞼《まぶた》を閉じて、野田とのセックスを思いだした。父や母のセックスとそんなに違いはないように感じた。庶民の金のかからない娯楽。あたしが欲しいのは、ずっと想像してきたのは、そんなセックスじゃない。選ばれた人間のための快楽。いまならあたしにはその資格がある。野田がいけないに違いない。

いくら勉強ができたって、いくら制服が似合ったって、おとなになったらそんなの通用しない。父は国立大をでてるけど、自転車一台買うのだって渋い顔をした。母はミス秋田だった。でもいまは臍《へそ》までくるでかいパンツを穿《は》いている。あたしもいつかは生活に負けて、ああなってしまうんだろうか。

(ヴァギナは使いこんだ三十代がいい)

エロ本の教え。嘘《うそ》かも、と思った。三十歳なんておばさんじゃん。あと十六年。あたしはどうなってるんだろう。いつものように指の腹でクリトリスをそっと撫《な》でた。厭らしいことをたくさん想像する。赤い紐《ひも》で縛られている自分の裸だったり、複数の男にまわされている自分だったりした。しかし、そのどれもに裸の野田が現れて邪魔をするのだった。

「夕飯ですよ」

母のがなり声が聞こえた。あたしは湯船からあがった。

目の前には野田のペニスがある。たぶん、お城に野田と来るのもきょうで最後だ。といってもあたしは好奇心が満たされたわけではない。モルモットを替えるまでだ。野田じゃ駄目だとわかった。簡単にトレードしたら同級生たちにばらされるだろうか、などと考えていたら放課後になってしまった。面倒くさくなって無視して帰ったら家に電話がかかってきてお城に呼び出されたのだ。

部屋に入るとソファに腰掛けて野田は早々とパンツを脱いだ。あたしの前に立ちはだかった。野田はばかだから、そのぶん勘がいいのかもしれない。

「ジュースでも飲む？　おごるよ」

あたしはいったが、野田は首をふった。ペニスをつかんで、じっとあたしの顔を見ている。

「野田くん、高校どこいくの？」

「北高。野球強いから」

やっと彼は口をひらいた。

「ふうん。野球部ずっと休んでて大丈夫なの？」

「明日っからでなきゃまずい」

「そうだよね」

ほっとした。すぐに代わりの相手をみつけて、こいつに騒がれても困る。しばらくはおとなしくしてたほうがいいだろう。でも、もう相手は決めてある。五組の転校生の高田。とにかく顔がいい。まえにいた学校で同級生を妊娠させたという噂《うわさ》だ。ポケットにはいつもナイフを潜《ひそ》ませているらしい。とんでもない不良だ。どうやって近づこう。きゆうに接近したら、ナイフで脅されるかしら。

——おまえ、転校したときから目をつけてたんだぜ。おれにやられたいんだろう。

あたしは頭をふる。高田はあたしの胸元にナイフを入れ、ブラウスを裂く。

——正直におまんこしたいっていえよ。

ブラジャーに手をつっこみ、あたしの乳房を揉《も》みしだく。ナイフの刃があたしの肌のうえをすべる。冷たい感触に、ひいと悲鳴をあげる。

——騒いだって、だれもこないぜ。

身体を反対にされ、スカートを捲られる。パンティをおろされる。あたしのお尻に熱い突起物がふれる。

——おまんこしてくださいっていえよ。

尻を打たれる。何度も打たれる。

「どうしたの？　ぼおっとして」

野田の大きな顔があたしを見下ろしていた。

「ううん。なんでもないの」

パンティの中が濡《ぬ》れてるのがわかった。最後にもういっかいだけ、野田のペニスを入れてもいいような気がした。

「セックスする？」

あたしはほほえんでみせた。

「ベッドいこうか」

あたしは彼の腕をつかんだ。野田はペニスを握ったまま仁王立ちしてる。

「え? くわえてくれないの」

「なんで、あたしが……」

そのあとも言葉をつづけたかったが、できなかった。野田があたしの口にペニスを押しつけてきたからだ。あたしは唇を一文字に結んで拒否した。

「どうしたの」

と野田が無表情で訊《たず》ねる。あたしは彼の太股《ふともも》を拳《こぶし》で叩《たた》いた。野田が身体を離す。

「命令もしてないのに。あんたはあたしのいうこと聞いてればいいの」

おもわず大声になった。野田は大きな身体をむりやり縮めている。だらりとしたペニス。

「だって、ヴィデオでは……」

「ヴィデオ?」

「兄貴のAV。きのう研究したんだ。宇佐見よろこぶかなあと思って」

もしかして、あたしと野田は似ているのかもしれない。

「部活でなきゃいけないから、日曜までゆっくり会えないんだよ」

野田があたしに顔を近づけてきた。野田は瞼を閉じているつもりらしかったが、左目だけ白目になってた。あたしは笑ってしまった。野田の顔が、あたしの唇から五センチほどのところでとまった。

「なんで笑うんだよ」

あたしは笑いつづけた。涙もでてきた。野田は泣きながら笑いつづけるあたしを見て困っていたが、きゅうにあたしの身体を抱きよせた。力ぐあいがわからないのか、あたしの背骨がぼきっと変な音をたてた。あたしは短い悲鳴をあげ、蹲《うずくま》った。その背を野田が撫でる。

「ごめん。どうしていいかわかんなくって」

あたしもだよ、と答えようとして頭をあげた。野田と目が合い数秒間見つめあった。あたしが先に口を開いた。

「好きかも」

小さな声でつぶやいた。

「え、ごめん聞こえなかった」

「好きっていったの」

「おれもだよ」

野田に手をひかれ、ベッドにいった。野田はあたしを裸にし、身体を縦にしたり横にしたり脚を持ちあげたりした。野田はすぐにいってしまうので、あたしの身体は彼の精液でべとべとになった。AVで覚えてきたマット運動のような体位はけっこうハードで、あたしに夢想の世界に逃げることを許さなかったけど、あたしはそれにつきあってやった。大声なんかもだした。

日曜日。前の晩は両親の寝室から持ちだした新しいエロ本で遅くまでオナっていたので、起きたら昼すぎだった。

一階の居間におりてゆくと、母がテレビを見ていた。口を半開きにさせ、だらしない顔をしてる。

「おはよう」

あたしが後ろから声をかけると、おどろいたようにふり返った。お母さんの顔に変身した。

「おはようじゃないでしょ。こんな時間に」

おおげさにため息をつき、壁掛け時計を指さす。

「孝志は？」

「お父さんと映画みにいくって」

「お母さんはいかなかったの？」

「うん。家にいるほうがいいもの。お姉ちゃんは？」

「午後からでかけるよ」

「どこに？」

「ボーイフレンドとデート」

野田と自転車で隣町のお城まで遠征する約束をしている。母は眉《まゆ》をつりあげ、おやおや、という顔をした。

「へんなつきあいしてないでしょうね」

「テレビのみすぎだよ」

「朝御飯もう片づけたわよ。そのドーナツでも食べておいてよ」

そういって母はまたテレビの画面をみた。でも、テレビなんかみちゃいないのかもしれなかった。花柄のワンピースにアイロンをかけてもらおうと思ったけど、やめておいた。

「ねえ、お父さんのこと愛してる？」

母は座布団《ざぶとん》を枕《まくら》にして、寝ころがった。

「そんなこともあったかねえ」

「あっ、そう」

あたしは卓袱台《ちゃぶだい》のお皿にのっているドーナッツをひとつつかんだ。ドーナッツの穴から窓を眺めた。まるく小さな雲ひとつない青い空をつかまえて、かじりついた。

クレセント

セックスの後のみりんはうまい。

ということにしておこう。勉強机の下の段に隠しておいたマッカランの二十五年が空だったのがいけない。きのう買ったばかりなのに。いったいだれが飲んだんだ。あたしだ。わが家で酒をたしなむ精神的余裕のある人間はあたししかいない。

壁の時計を見ると間もなく七時だった。ママが帰ってくるまであと一時間。それまでに部屋の高瀬を追い返し、家庭モードの品行方正なあたしに戻らなきゃいけない。

バスルームに移動する。すぼめた唇から校歌のメロディ。音になったのは最初の一節だけで、残りはひゅうひゅうと風の音になった。

大股《おおまた》で廊下を歩いてると、高瀬の精液が腿《もも》をつたって足首に垂れた。あそこが奥まで腫《は》れあがってるのを感じる。小さいころママに頬《ほお》を叩《たた》かれたあとのうずきに似ている。むず痒《がゆ》いようなしびれ。あそこの内壁がしだいに崩れ、流れ落ちようとしてるのがわかる。この五十日、それを待ち望んでるんだけど、まだ来ない。

落ちた精液を、かかとで床になすり込んだ。うちのフローリングの艶《つや》がいいのは、毎週末、ママがやっきになって磨いてるからだけじゃない。

（本物の酒が欲しい……）

シャワーの湯気で、頭のなかまで曇ってくような気がした。みりんはあとからきいてくるのかもしれない。

コンドームをちょろまかすため、両親の寝室に忍び込む。鏡台の二番めの抽斗《ひきだし》。また減ってる。あたしよりお盛んだ。ほかに娯楽はないの。家族でセックスするなんて気持ちわるい。部屋の空気がどんより湿っている。なるべく息をしないようにした。

「ごはんですよ」

階段の下からママの声。パパが帰ってきたようだ。

あわてて部屋を出る。自分の部屋に戻ってから、いつものように声を張りあげた。

「えみこと食べてきた」

階下はそれっきり静まった。

えみこと遊ぶようになって一年。美人で勉強ができ、つきあいもいい。あたしの都合に合わせてどこにでもやってきて、いらなくなれば消えてくれる。電話をかけてきて両親に秘密を漏らす気づかいもない。

それまでは聡美やエリカといった実在の同級生たちとつるんでたけど、バカらしいのでやめてしまった。パンナコッタやプリクラのように〝売り〟が流行《はや》ったころ、自分と彼女らの値段の差を見てそう思った。あいつらはまだシャネルやグッチを買いあさっているのかも。あたしは酒の味を知っている。割のいい、金持ちの〝恋人〟もとうに見つけた。

高瀬は三十代の医者だ。知りあって半年になる。はじめて〝仕事場〟に連れてきたときの驚いたようすが可愛《かわい》かった。

「心配しなくていいよ。両親は八時にならないと帰ってこないから」

安心させるために、わざと素気《そっけ》なくいった。靴を脱ぎ、ひとりでさっさと二階にあがった。

高瀬はおずおずと階段をのぼってきた。好奇心には勝てなかったようだ。みんな同じだ。

「一時間三万円」

「二時間では」

「六万円」

ベッドにどっかと座りこむと、校章つきのソックスから伸びた足が高瀬のまえにむきだしになった。彼は落ちつかないようすで部屋を見まわしながら、あたしの隣に腰をおろし、スカートのなかに手を入れてきた。あたしも彼のベルトに手をかけた。

「ねえ、あたしは制服着てたほうがいい？」

高瀬は答えなかった。ズボンのなかに手を忍ばせた。もう大きくなっていた。

「いつもこんなことをしてるのかい」

こんどはあたしが答えなかった。下着を引き下ろして、顔を覗《のぞ》かせたそれにほおずりをした。くちびるを這《は》わせた。

「いつも……」

「そうよ」

くびれのところを舌でなぞった。高瀬はせつなそうな声をもらす。

なぜ、どうして、と彼は苦しそうな吐息のしたでいった。まじめに仕事してるのがなんとなくばからしくなり、ベッドの下の段ボールに手をつっこんで中身の残ってそうな小瓶をつかんだ。

安い日本酒だったが、まだ半分入っていた。高瀬のからだを眺めながらそれを飲んだ。彼は沈黙していた。ペニスが涎《よだれ》をたらして光ってる。酒とそれとを交互に舐《な》めた。

「あら意外。肴《さかな》になる」

とつぜん高瀬があたしの手から瓶を奪って、底に残っていたぶんを飲みほした。そして目をつむり、あたしに身をあずけた。


「次はいつ遊ぶ？」

後ろ手にブラジャーのホックを留めながら、高瀬に訊《たず》ねた。

彼は黙ってネクタイを結んでる。ホックがなかなかはめられず、いらいらした。

「いやならいいよ」

棘《とげ》のある声でいうと、彼はあたしに近づいてきた。

「また会いたい。ほんとうの名前はなんていうの。きみはなにを考えてるの」

あたしは顔をあげた。初めて彼を正面から見た。

たるみかけたおなかはちょっとパパに似ていた。あたしは思わず、彼に本名をつげた。

彼はあたしに手を差しのべてきた。この場面、どっかで見たことがある。思い出した。なんかの映画の舞踏会のシーンだ。

スリップの裾《すそ》をなおした。お気に入りのレースのでよかった。彼の掌に自分の手をのせる。すると彼はすばやく、あたしの手の下に冷たくて四角いものを滑りこませてきた。

「暗証番号は２６２９。ぼくだけにしてくれないか」

生理が止まって五十日。高瀬とゴムをつけないでやった日もあった。けれど安全日だったし、こどもが出来るようなセックスとは違うような気がする。

彼はいつもあたしの頭を撫《な》でる。あたしを〝恋人〟と思っていたら、きっとそういう態度はとらない。でもあたしはそれがきらいじゃない。

おたがいの微妙なリズムやタイミングのとり方はわかった。彼はおじさんだから、隠れて飲むアルコールのような刺激は感じない。彼のからだはライナスの毛布のようだ。すくなくとも制服を脱ぐまで、あたしは高瀬を手放す気はない。おとなになったら、あたしからさよならする。

日ごと、夜が長くなる。

きのうはシャンパンの誘惑に負けてしまった。コルクの飛ぶさまや細かな泡のイメージが、華やかな音楽のようにあたしを捉《とら》えて放さなかった。シャンパンなんてただそれだけの酒。ドンペリをおいしいと思ったことは一度もないのに、もったいなくて捨てられなかった。

体がだるい。学生鞄《かばん》が重い。この調子で飲み続けていたら、あたしはきっと病気になる。と、わかっていながら足は酒屋に向かっている。

国道に出ると、リカーショップのネオンが小さく目に入った。心底ほっとした。あと直線で二百メートル。

途中で息がきれ、膝《ひざ》がわらいはじめた。エネルギーがきれかかってる。おなかが重苦しい音をたてた。急いでるのに、急げない。

落ちていたビール缶を蹴《け》りとばした。あまり飛ばなかった。

奇妙な形にひしゃげた缶だった。また蹴った。

（きょうなにか食べたっけ……きのうはなにを食べたっけ、ええと……）

六十八回、その缶を蹴った。六十九回めで店内にシュートを決めた。缶は棚の下に滑りこんだ。

いまや顔見知りとなった頭のてっぺんが薄くて目つきのわるい店員がレジから首を伸ばしている。ちらっとあたしのほうを見たが、なんの音がしたのかわかってないようだった。

籠《かご》をつかんで奥の冷蔵庫に直行した。ガラスのドアの冷たさに、体がしゃきんとした。なにかちゃんとしたものも口に入れなきゃ、とは思う。でもとりあえずはアルコールだ。

ビールのロング缶を二本、それからボンベイの青い瓶を籠に放りこんだ。

ジンはいい。すぐに酔えるしなにより安い。先月も今月も高瀬の口座からずいぶん金を引き出してる。やりすぎるといかにも高瀬の金に執着しているようで、自分が安くなる気がする。

レジに籠をのせると、どうしても奥の棚に目がいった。美術品のような高級酒の瓶ばかりがならんだ棚。何本かはすでに制覇しているんだけど。

「あれ、なんですか」

新顔の、マンボウに大きなむなびれを付けたような瓶を指差した。店員はいつもの怪《け》訝《げん》な表情で、

「レミーのルイ十三世。十五万五千円です」

十五万五千円……。すでに頭のなかで財布の中身を数えていた。レミーは好きな酒だ。スペニョール、クラブスペシャル、XOスペシャル、グランレゼルブ、エクストラパーフェクション、ほとんど飲んだ。でもそれだけは飲んでない。飲みたい。

「ください」

可哀相《かわいそう》なボンベイサファイア。退屈した主婦でもなぐさめるがいい。ジンを棚に戻しにいく足どりは軽い。だいたいいくら引き出してもいいといわれたのを気にするなんて、それこそ金への執着心の証明じゃないか。

財布からピン札の束を出した。店員は眉根《まゆね》を寄せている。レジを打つ指に力がこもっていた。

（あたしがあんたより金持ちで、なにか問題あるっていうの？）

まるであたしの心を読んだみたいに、店員がちぇっと舌打ちをする。いや、金額を打ち間違えただけのようだ。しだいに猫背になっていく。醜い。

店員の頭を視界から外すと、ビタミンC入りタブレットの小さな箱が積んであるのが目に入った。三つつかんで、ポケットに隠した。

部屋に入ると、まずビールの缶を開けた。泡があふれた。あわてて唇をつける。カーペットにこぼすと匂《にお》いで親にばれる。

おなかがきりきりと痛んだ。胃液が何度も上がってくる。そのつどビールで押しもどした。口のなかがものすごく苦かった。

一本を空にし、続けざまもう一本の口を開けた。それを飲んでる途中で玄関のチャイムが鳴った。高瀬だ。咳《せき》こみそうになりながら残りを一気に飲みほし、階段の上から、

「あがってきて」

と声をかけた。それからベッドに横になった。ちょっと楽になった。

「また飲んでるのか」

部屋に入ってきた高瀬は、あたしを見下ろしていった。

（ああうるさい。親でもないのに）

長いベッドカバーをめくって、段ボールの箱を引きずりだした。マーテル、ヘネシー、クルボアジェ、カミュ、ターキー、バラン、ハーパー、ビスキー、ブラントン。積み重なった死体のような空瓶たち。勉強机にならべてあったビール缶もなかに放った。箱を元どおりに隠そうとしたが、なにかがベッドのパイプに引っかかってうまく隠れない。もう一度引き出そうとしたら、こんどは逆方向にも引っかかった。みっともなく絨毯《じゅうたん》に這いつくばってる自分を、高瀬がうしろから視姦《しかん》してるような気がした。がちゃがちゃと箱を揺すってるうちに泣きたくなってきた。

（したくない）

そう思いながらも、そばにいてほしいような気がした。仕方ない、からだはひとりぼっちの時間を埋める代償。

「ごめん、まだシャワーを浴びてないの。急いで浴びてくる」

ベッドに掛けて、セーラーのリボンをほどきジッパーを開く。彼の手があたしの腕をつかんだ。

「ちゃんと食べているの。折れそうに細い」

「あたしのエネルギー源はお酒だからさ」

おどけた調子でいって、彼をふり払った。関係ないじゃない。

「細くったってちゃんとやれるよ。生理止まっててもできるもん」

「……まだ来ないのか」

「だからなんなのよ」

自分の声の大きさに驚き、ふり返った。高瀬は茫然《ぼうぜん》とあたしを見ている。その眸《ひとみ》にあたしは映っていない。沈黙が怖かった。腕時計のミッキーマウスの尻尾《しっぽ》が冷たい音を刻んでる。こうしているあいだにも、あたしの時間は刻々と失われていく。

「どうせあんたとはあと二年じゃん。そのへんはよくわかってるから」

彼は膝を折り、あたしの手をとった。きつく握った。温かい。鼻の奥がきゅんと痛んだ。

「ぼくはそう思ってない」

「なによ。だったら……」

続きを飲みこんだ。あたしをひとりにしないでよ。ずっといっしょにいてよ。そう叫びたかった。

でもわかってる。それをいったら終わる。

「いいづらいが、きみは心の病気だ。それに栄養失調だ。だからなんだろう。とにかくぼくの病院においで。検査をしよう」

彼の手が、スカートのうえから太腿《ふともも》をなでる。あたしは脚をひろげた。

すべてを彼に任せたくなった。ベッドから降りて彼と向きあう。目の高さが同じになると、すこし照れくさい。

「愛してる」

彼がいった。同じ言葉を返そうとして、やめた。自分を守りたかった。

代わりに彼のジッパーを開いて、しぼんでいるその分身にキスをした。彼はあたしの頭をなでた。気持ちよかった。

口にふくんだ。ほかにしてあげられることを思いつかない。頭を動かした。一所懸命に動かしていると、やがて脳味噌《のうみそ》がウォッカを飲んだときみたいにとろけてきた。目から鼻から口からあそこから流れでてくる。みんな流れでる。

良質な蛋白質《たんぱくしつ》を、あたしは摂取した。


高瀬のいいつけを守った。ダイニングに降りていくと、パパはテーブルについて夕刊を広げていた。向かいあわせに腰かけた。

「いま呼ぼうと思ってたのよ」

ママがほほえみながら味噌汁をよそった。テーブルのうえにはトンカツの皿が三つ用意してあった。パパの皿、ママの皿、あたしの皿。涙か鼻水かのどちらかがふと落ちて、お椀《わん》のなかに波紋ができた。

「どうした。学校でなにかあったのか」

パパの顔の下に張りだしたくしゃくしゃの新聞紙を見つめながら、口のなかにご飯をかきこんだ。あたしは、とても間違っていたのかもしれない。


ベッドに入って目を閉じていると、赤や紫や灰色の幾何学模様が瞼《まぶた》の裏側にうるさくつきまとって、苛立《いらだ》ち、簡単には眠れそうもなかった。

アルコール。酒の力さえ借りられたら、いつのまにか意識不明に陥って、そのまま朝を迎えられる。机の抽斗《ひきだし》にはルイが入ってる。

(だけど、彼が)

眠ろうと思うほどに目が冴《さ》えた。高校に入ってからのいろんな出来事が、テレビのチャンネルをでたらめに飛ばしているみたいに脳裡《のうり》によみがえっては消える。

あきらめて身体《からだ》を起こし、ベッドの縁に腰かけた。窓のカーテンが開いたままなのに気づいた。

窓枠の額縁にたくさんの家の灯。どれかの下に高瀬はいる。あたしの知らない生活をしている彼がいる。

立ちあがって机の抽斗を開け、重たいクリスタルの瓶を捧《ささ》げもった。王冠のような蓋《ふた》を抜いて、そこに唇をつける。

瓶を傾けると、咽《のど》が大きな音をたてた。この滑らかな液体は、甘くて激しい。あたしのなかで熱く暴れる。咽を、食道を、胃袋を痛めつけて支配し、耳朶《みみたぶ》から小指のさきまで痺《しび》れさせるのだ。

酔いのまわりはじめた頭で外を眺めると、家々のうえには黄色い杯が浮かんでいた。窓を開けた。風が高瀬のようにあたしの頭に触れ、冷たく髪を梳《す》く。

憑《つ》かれたように、くり返し瓶に口づけた。ルイが内側からあたしを優しく抱きとめる。

(アルコールは、酒だけは、いつでも……)

いつのまにか半分に減った瓶を空にかざすと、浮き彫りになった紋章を下から包みこむように、三日月が琥珀色《こはくいろ》の海に浮かんでいた。

いつか、この紋章が円く満たされる瞬間が訪れるんだろうか。

窓を開け、外に身を乗りだして月の杯にブランデーを注ごうとしたけど、背伸びして爪《つま》さき立っても、どうしてもうまく満たすことができなかった。

真っ赤なリアリティ

枡野浩一

高校生のとき体育の授業で柔道をやらされていて毎回毎回死にたいくらい嫌で、いつも男たちの腕力に屈服しながらレイプについて考えていた。女の子がいくら生意気で口が達者でも男の腕力はこんなに強いんだから、そりゃあ襲われてしまうだろうなと全身全霊で彼女たちに同情した。私はクラスでいちばん背が高かったのに体重は五十キロ台で、もしかしたらいちばん軽い部類に入ってたんじゃないか。たまたますでに童貞ではなかったのだけれど、自分にはセックスなんて今後まったく縁がないにちがいないと絶望していた。腕力以外でセックスにたどりつく方法なんて、そんなにたくさんは思いつけなかったからだ。

室井佑月のデビュー短編集『熱帯植物園』は単行本が出た直後に読んで、似た描写が二箇所に出てくるのがまず印象に残った。短編「砂漏」に、こんなシーンがある。

〈後藤の身体が重たくのしかかってきた。唇を重ねられた。突然のことでかわせなかった。

「だれがそんな……約束が違う！」
あたしは怒鳴った。後藤はひるまなかった。この男のいったいどこにこんな激しい欲情が渦巻いていたんだろう、と驚いた。〉
それから短編「屋上からずっと」には、こんなシーン。
〈「いてえ」
胸に張り手をくらった。尻餅《しりもち》をついた。彼が上に乗ってきた。両手を胸の上で抑えつけられる。懸命に力をこめたが動かせなかった。この細い身体のどこに、こんな力があるんだろう。〉
……どちらもレイプされる瞬間。男の腕力や欲望の強さに主人公が驚いているシーンだ。私はレイプされたことも、したこともないが、なんでもないこの描写に強いリアリティを感じた。女性は皆、普通にセックスするときでも、同じような「驚き」を感じているのだろうか。このリアリティを私は、室井佑月の小説を読むことで初めて実感した気がしている。鉛筆のように細い身体だと評判の私ですら、じつは女性より腕力があり、時には怖がられているのだと知って「驚いた」のは、高校を卒業してだいぶ経《た》ってからだったのだけれど。
それにしてもこの短編集で室井佑月が描いた少年たちは、あっというまに、いってしまう。〈ペニスの先っぽだけをいれたままへこへこと腰を何度か動かし〉、うっと唸《うな》って、いってしまうのだ。なんてリアリティがあるんだろう。しかもレイプしようとしたのに挿入前にいってしまい、ついでにあの世へもあっけなくいってしまう少年までいるのだから笑う。

＊

強姦をする側にいて立っている
自分をいかに否定しようか

＊

余談になるが短編集『熱帯植物園』に「処女作」という言葉はあまりにも似つかわしい。室井佑月くらい活字とは無縁の場所から、事故のような唐突さでデビューを果たした小説家も珍しいのではないか。嘘《うそ》か本当か知らないけれど、生まれて何度目かに書き上げた短編でデビューした彼女は、それ以前は原稿用紙のマス目のうめ方も知らなかったという。高校生のころから文章を書くこと以外のことを何もしてなかった私はショックで、きっとそれは話を面白くするための嘘なんだと自分に言い聞かせることにしている。

本書に収録されている作品群は、最近の室井佑月が産み出している新作たちにくらべればどうしても頼りない部分も見えてしまうものの、真の意味で初々《ういうい》しいし、文章だって最初から独自のリズムを持っていて読ませる。不公平だよなあ、才能ってやつは。だけど「苦節十年」とか「段ボール箱いっぱいの習作」とかいう、物書き志望の人間がよく口にする言葉なんて室井佑月には似合わない。〈モデル、女優、レースクイーンなどを経て、銀座のクラブホステスとして働くかたわら、1997年、小説新潮5月号の「読者による『性の小説』」に入選。〉という単行本の著者略歴は、華麗すぎて胡散臭《うさん》さすら漂い、すげえかっこいい。だいたい「読者による『性の小説』」という、小説誌の企画モノみたいなページでデビューし、次々と新作を発表して人気作家になってしまった人なんて室井佑月のほかにはいない。今では「小説新潮」の「読者による『性の小説』」は、名前を少し変えて新人作家の登竜門みたいな賞になってるようだが、それだって室井佑月が最初に道すじをつくったのだ。

室井佑月の華麗すぎる経歴の数々は諸刃《もろは》の剣で、新人・室井佑月は大いに得もしたし同じくらい損もしただろう。私はある大手出版社の人にごはんをおごってもらったとき、彼がデビューまもない室井佑月の才能を軽んじる発言を始めたので本気になって反論し、ものすごく気まずくなってしまったことがあるくらい室井佑月は本物だと信じている。室井佑月が惚《ほ》れこんでいるあの作家よりも、あの作家よりも、じつは室井佑月のほうが才能があるんじゃないかと心の中では思っている。そんな本当のことを言ってもだれも得をしないから、言わないようにしているだけなのだ。

＊

本当のことを言わずに済むくらい
まじめな顔で話をしよう

*

室井佑月は美しい。そのことも諸刃の剣かもしれない。普通、面白い小説を書く人は面白い顔をしているものと相場がきまっているからだ。美しい小説を書く人も、美しい顔ではなく、面白い顔をしていることが多い。どうしてなのかな。そして室井佑月は美しい。とてつもない大きなハンディキャップである。室井佑月の顔を一目見て、「こんなに美人なんだから、書く小説はつまらないだろう」と誤解してしまう読者は、少なくないはずだ。作家の顔の完成度と、作家の書く作品の完成度は、それほど反比例してしまいがちなのだ。

だが何ごとにも例外というものはつきもので、室井佑月は数少ない例外のうちの一人だ。それは私たち読者にとって奇跡のような幸運であると言ってよい。とりわけ女性作家の書いた官能的な小説を読むとき、作者の顔というのは作品の完成度以上に意味を持つもので、本の読み手として定評のあるライター永江朗などは、小説は作家の顔で読むとすら言っている。私は、たとえ室井佑月が覆面作家だとしても、じつは男性だったとしても、室井佑月の才能を見ぬくことができたはずと自負するが、やっぱり室井佑月が美人でよかった。室井佑月の小説を読みながら室井佑月の顔を想像できる私たち読者は、幸せ者だと思う。

なおせとは言わないまでもその顔は
君の歌には似合っていない

＊

それだけならまだしも、実物の室井佑月は写真よりもさらに美しいのだから困ってしまう。写真にはうつらない部分の魅力があんなにも大きな比重を占める女性、そうそういない。あるパーティでご本人と初めてお目にかかったとき、写真うつりが悪い、と思った。パーティをぬけだしてパスタ屋で食事をしながら、どんな作家のどの作品が好きですかと質問したら、不勉強であんまり小説はたくさん読んでないんですけど、と前置きしてから、

「林真理子なら『ファニーフェイスの死』。村上龍は『走れ！　タカハシ』がいちばん好き」

と、きっぱり言った。それは驚くことに私の意見とまったく同じだったので運命を感じずにはいられなかった。だから、そのことをあくまで正直に口に出したのだけれど、まるで男が女を口説いているようだったかもしれない。

小説の登場人物の描写にも反映されているように、彼女は男の趣味が悪い。やせてて

運動神経なさそうで病弱そうなタイプが好き、と屈託なく笑うのだ。それは俺俺、まさに俺のことではないかと思ってしまった馬鹿《ばか》な男をいったいだれが責められよう。責められてもいい、君になら……と思っていたのに。おろしたてのパンツを履いて会いにいった日、好きな人ができたの、と君は言ったね、佑月。

短歌界の小沢健二、ライター界の草野マサムネと言われたこともあった私はその後、トレードマークだった髪型を捨て、スキンヘッドになった。君が某女性誌のインタビューで、「やさしいだけの男とは、つきあうだけ時間の無駄。そんなやつは『僧侶な男』と名づけてしまおう」（要約）と語っていたの、読んだよ。ぼうずになった俺、見てくれたかい？

＊

あの夏の数かぎりない君になら
殺されたっていいと思った

＊

あれから二年。文庫化にあたって久々に再読した『熱帯植物園』の表題作に、こんなくだりがあることに気づいた。

〈女は選ばれるふりして選んでる、と瞳がいってたのを思いだした。（略）頭の善し悪《あ》しの問題じゃない。うちのママはあんまり頭がよくないけど、本能的に幸せになるこつを知ってて、そちらへそちらへと向かおうとする。たいがいの女はそうだ。どちらにせよ、無我夢中なんじゃない。ちゃんと自分で方向を選んでる。〉

それから、短編「屋上からずっと」にも。

〈「おまえはおれたちの奴隷だ、おもちゃだ」

どの腕にか押し倒され、どの手かがあたしの乳房を揉《も》みしだく。あたしはほほえみながら頭をふった。違う。あんたたちが奴隷になるの。〉

……ああ。そうだったのか、と思う。レイプする側と、レイプされる側の力関係が、こんな仕掛けになっていたなんて知らなかった。もちろんこれは室井佑月の小説の中の倫理で、現実がこのとおりになっている必要はまったくないのだけれど。そういえば、室井佑月のファンであると真っ先に名のりを挙げたのが、

いくらでも奉仕しながら
快感はたやすくわたしだけのもの
（歌集『ベッドサイド』より）

といった作品が最近は海外でも評判を呼んでいる歌人、林あまりであったことは興味深い。

「よかった？」と質問してもいないのに
「よくなかった」と答えてくれる

＊

室井佑月の進歩はめざましい。三冊目の短編集『Piss』に収録された短編「鼈《すっぽん》のスープ」は、彼女の現在までのところの最高傑作と思えるだけでなく、近年私が目にしたすべての小説の中でもずばぬけて衝撃的な一作だった。一行も無駄のない、詩のように端正な文章。小説の中にかつて見たこともないほど頭の悪い、しかし憎めない登場人物たち。救いがないのに笑いがこみあげてくる結末。どれをとっても完璧《かんぺき》にすばらしいこの短編、室井佑月の周囲ではなぜか評判が悪く、力強く褒めたのは山本周五郎賞受賞作家の重松清と、私だけだったという。それはどう考えても重松清と枡野浩一が正しくて、皆がまちがってる。

くりかえすが、室井佑月はあいにく美しい。男の趣味も悪い。全然勉強してない。苦節十年の作家にくらべたら。が、自分のわかってることしか書かないという姿勢をつらぬいている室井佑月の書くことは、みんな「本当のこと」だ。どんなに「嘘」が書いてあっても、信じられると思う。信じていこうと私は思う。

＊

さっきまでみていた夢で読んでいた
君の日記の綴じ糸が赤

＊

室井佑月の顔を思い浮かべると、いつも記憶の中の彼女は男の子みたいに短い、あかい髪をしている。短編「熱帯植物園」は、あかい小説だ。炎。花。血。嘘。そういえば傑作「髓のスープ」の主人公も、あかいドレスを着るんだったっけ。『血《あか》い花』という短編集まで出している室井佑月は、あかい作家だ。

（二〇〇〇年七月、歌人）

この作品は一九九八年六月新潮社より刊行された。

池澤夏樹著　マシアス・ギリの失脚
谷崎潤一郎賞受賞

のどかな南洋の島国の独裁者を、島人たちの噂でも巫女の霊力でもない不思議な力が包み込む。物語に浸る楽しみに満ちた傑作長編。

内田春菊著　ファンダメンタル

あの人が悦ぶのなら、何だってしてあげたい。恋する女たちの不安と華やぎ、愛し合う男女の緊張と安らぎを描く傑作短編マンガ44編。

江國香織著　ホリー・ガーデン

果歩と静枝は幼なじみ。二人はいつも一緒だった。30歳を目前にしたいまでも……。対照的な女性二人が織りなす、心洗われる長編小説。

小野不由美著　東京異聞

人魂売りに首遣い、さらには闇御前に火炎魔人、魑魅魍魎が跋扈する帝都・東京。夜闇で起こる奇怪な事件を妖しく描く伝奇ミステリ。

おーなり由子著　天使のみつけかた

会いたい人に偶然会えた時。笑いが止まらない時。それは天使のしわざ。あなたのとなりの天使が見つかる本。絵は全て文庫描下ろし。

恩田陸著　球形の季節

奇妙な噂が広まり、金平糖のおまじないが流行り、女子高生が消えた。いま確かに何かが大きく変わろうとしていた。学園モダンホラー。

河合隼雄
村上春樹著
村上春樹、河合隼雄に会いにいく

アメリカ体験や家族問題、オウム事件と阪神大震災の衝撃などを深く論じながら、ポジティブな新しい生き方を探る長編対談。

北村　薫著
スキップ

目覚めた時、17歳の一ノ瀬真理子は、25年を飛んで、42歳の桜木真理子になっていた。人生の時間の謎に果敢に挑む、強く輝く心を描く。

久世光彦著
一九三四年冬―乱歩
山本周五郎賞受賞

乱歩四十歳の冬、謎の空白の時……濃密なエロティシズムに溢れた短編「梔子姫」を織り込み、昭和初期の時代の匂いをリアルに描く。

小池真理子著
欲望

愛した美しい青年は性的不能者だった。決してかなえられない肉欲、そして究極のエクスタシー。あまりにも切なく、凄絶な恋の物語。

沢木耕太郎著
深夜特急1
―香港・マカオ―

デリーからロンドンまで、乗合いバスで行こう――。26歳の〈私〉の、ユーラシア放浪が今始まった。いざ、遠路二万キロの彼方へ！

酒井順子著
ニョタイミダス

唇、鎖骨、尻、下っ腹、に肛門!? 全女子の、自分のカラダ＝ニョタイへの親心をキュッと一刺し。沈着で痛快な女体45部位解析コラム集。

鷺沢萠著　ケナリも花、サクラも花

自分に流れる韓国の血を見つめ、作家は厳冬のソウルへと旅立った。濃密な半年間に格闘した「四分の一の祖国」韓国。留学体験奮戦記。

斎藤綾子著　愛より速く

肉体の快楽がすべてだった。売り、SM、乱交、同性愛……女子大生が極めたエロスの王道。時代を軽やかに突きぬけたラブ&ポップ。

坂本龍一
村上龍著　モニカ
音楽家の夢・小説家の物語

音楽家は夢の断片を書きとめ、小説家はそれを四枚の掌編に仕立てた。幻の女モニカとの「交信」を軸に紡がれる幻想的な三十の物語。

島田雅彦著　彼岸先生
泉鏡花文学賞受賞

屁理屈が絡みあうポルノを書く三十七歳の小説家を、十九歳のぼくは人生の師と見立てた――奇妙な師弟関係を描く平成版「こころ」。

篠田節子著　アクアリウム

ダイビング中に遭難した友人の遺体を探すため、地底湖に潜った男が暗い水底で見た驚くべき光景は？　サスペンス・ファンタジー。

真保裕一著　奇跡の人

交通事故から奇跡的生還を果した克己は、すべての記憶を失っていた。みずからの過去を探す旅に出た彼を待ち受けていたものは――。

重松　清著
ナイフ
坪田譲治文学賞受賞

ある日突然、クラスメイト全員が敵になる。私たちは、そんな世界に生を受けた――。五つの家族は、いじめとのたたかいを開始する。

杉浦日向子とソ連編著
ソバ屋で憩う
――悦楽の名店ガイド101――

江戸風俗研究家・杉浦日向子と「ソ連」のメンバーが贈る、どこまでも悦楽主義的ソバ屋案内。飲んだ、憩った、払った、101店。

団　鬼六著
美少年

責める男と呑み尽くす女――緊縛の文豪の私小説三篇にロマンポルノの伝説の女王・谷ナオミを描いたノンフィクションノベルを収録。

つげ義春著
無能の人・日の戯れ

ろくに働かず稼ぎもなく、妻子にさえ罵られ、無為に過ごす漫画家を描く「無能の人」など、人間存在に迫る〈私〉漫画の代表作12編集成。

辻　仁成著
海峡の光
芥川賞受賞

函館の刑務所で看守を務める私の前に現れた受刑者一名。少年の日、私を残酷に苦しめた、あいつだ……。海峡に揺らめく、人生の暗流。

天童荒太著
孤独の歌声
日本推理サスペンス大賞優秀作

さぁ、さぁ、よく見て。ぼくは、次に、どこを刺すと思う？　孤独を抱える男と女のせつない愛と暴力が渦巻く戦慄のサイコホラー。

村上春樹著
ねじまき鳥クロニクル
第1部〜第3部
'84年の世田谷の路地裏から'38年の満州蒙古国境、駅前のクリーニング店から意識の井戸の底まで、探索の年代記は開始される。

群ようこ著
亜細亜ふむふむ紀行
香港・マカオ、ソウル、大阪——アジアの街をご近所感覚で歩いてみれば、ふむふむ、なあるほど……。文庫書下ろしお気楽旅行記。

山田詠美著
ぼくは勉強ができない
勉強よりも、もっと素敵で大切なことがあると思うんだ。退屈な大人になんてなりたくない。17歳の秀美くんが元気溌剌な高校生小説。

湯本香樹実著
夏の庭
—The Friends—
死への興味から、生ける屍のような老人を「観察」し始めた少年たち。いつしか双方の間に、深く不思議な交流が生まれるのだが……。

唯川恵著
あなたが欲しい
満ち足りていたはずの日々が、あの日からゆらぎ出した。気づいてはいけない恋。でも、忘れることもできない——静かで激しい恋愛小説。

吉本ばなな著
とかげ
私のプロポーズに対して、長い沈黙の後とかげは言った。「秘密があるの」。ゆるやかな癒しの時間が流れる6編のショート・ストーリー。

熱《ねつ》帯《たい》植《しょく》物《ぶつ》園《えん》

新潮文庫　む－11－1

平成十二年十月一日発行

著者　室《むろ》井《い》佑《ゆ》月《づき》

発行者　佐藤隆信

発行所　株式会社新潮社

郵便番号　一六二―八七一一
東京都新宿区矢来町七一
電話 編集部(〇三)三二六六―五四四〇
読者係(〇三)三二六六―五一一一

価格はカバーに表示してあります。

乱丁・落丁本は、ご面倒ですが小社読者係宛ご送付ください。送料小社負担にてお取替えいたします。

印刷・大日本印刷株式会社　製本・加藤製本株式会社

ISBN4-10-130231-6 C0193